SV

Bernd Cailloux
Intime Paraden

Erzählungen

Suhrkamp

Erste Auflage 1986

Druck: Wagner GmbH, Nördlingen
Printed in Germany

Intime Paraden

Hoch oben in der Luft

In der Zeit vor der Eröffnung meines Hauptverfahrens geriet mir ein künstlerisch aufgemachtes Magazin in die Hände, in dem der Aufsatz eines mir bis dahin unbekannten französischen Philosophen für weitere Aufhellung meiner Situation sorgte. Auf nur eineinhalb Seiten äußerte der Mann namens Gilles Deleuze seine Gedanken zum Umfeld der Drogen und kritisierte die jeweils vorgefaßte positive oder auch negative Sichtweise des einzelnen. Besonders seine Schlußfolgerung schien geradezu auf mich gemünzt. »Und so läßt es sich sagen«, schrieb er, »daß in jedem Fall die Droge das Problem der Wahrnehmung verändert hat – sogar für diejenigen, die keine Drogen nehmen.« Allgemein betrachtet, spricht vieles für die Richtigkeit dieser Erkenntnis. Aber auch persönlich leuchtete mir die Argumentation sofort ein. Ich selbst, zum Beispiel, habe niemals Drogen genommen, und doch hat sich seit dem Moment ihres Auftretens meine Wahrnehmung in vielerlei Hinsicht verändert. Zu keinem Zeitpunkt war ich Konsument der Droge, und doch hat sich durch sie nicht nur meine Wahrnehmung, sondern mein Leben überhaupt verändert.

Dennoch würde ich keinesfalls die Beweggründe für mein Verhalten irgendwo anders suchen als bei mir selbst. Niemandem sonst, außer mir, ließen sich die Konsequenzen und meine jetzige Lage zuschreiben. Ich kann mich noch gut an den Abend entsinnen, an dem meine Frau mich mit Mike bekannt machte, dem

Sohn einer Angestellten des von ihr geleiteten Hotels. Selbst wenn mich Ulla bei der Wahl ihrer Bekanntschaften nur selten überzeugte, habe ich mich so gut wie nie ihrer Praxis widersetzt, ein Freunden und Gästen stets offenes Haus zu führen. Von außen gesehen setzte ich auch an jenem Abend mein Schachspiel zügig fort, obwohl mir augenblicklich bewußt war, daß Mikes Anwesenheit mich vor eine neue Probe meiner Geduld stellen würde. Nachdem wenig später noch dessen Freund Werner erschien, verdichtete sich die Stimmung in den Polstern hinter mir dahingehend, daß ich in rascher Folge drei Partien gegen Jan abgeben mußte – einen Partner, den ich normalerweise beherrschte, wie ich wollte. Wir saßen wie üblich in der Schachecke des Wintergartens, und natürlich ließ Jan die eine oder andere Anspielung fallen – Haschischduft im Raum löst bei ihm stets eine leichte Bösartigkeit aus. Man sollte im eigenen Haus bestimmte Sachen verbieten können, sagte er mir auf schwedisch, obwohl er wußte, daß ich meiner Frau nichts, aber auch gar nichts abschlagen konnte. Das tatsächliche Ausmaß jener Szene ging nach meiner Meinung ohnehin weit über seinen Verständnishorizont hinaus. Er gehörte zu dem Typ Skandinavier, für den seit jeher mit dem intentionalen deutschen Chaos der brüllende Süden begann. Jans Abwehr dagegen war und ist vermutlich weiterhin schlichte Ignoranz, eine Haltung, die im Grund seines Aufenthalts in Deutschland liegen könnte. Während ich hierblieb ausschließlich wegen der Versprechungen der Liebe, blieb er ausschließlich wegen jener der Steuer.

2

Wie verschieden doch die Bedürfnislage selbst bei eng miteinander verbundenen Menschen sein kann! Zeit meines Lebens hat mich diese Tatsache erstaunt. Ich habe nichts gegen Gesellschaft, aber das, was meine Frau nun in Gang setzte, leitete eine neue Phase von Geselligkeitswahn ein. Was fand sie bloß an diesen Leuten. Sie begann, die junge Brut im Wintergarten regelrecht aufzupäppeln. Mike, Werner und andere Jungs rutschten nahezu allabendlich auf den Polstern, verqualmten die Luft und steckten ihre Kassetten in unsere Anlage. Was war dagegen schon zu tun. Ich mußte davon ausgehen, daß Ulla deren Vorstellungen höchstwahrscheinlich teilte. Nach fast sechsjähriger Ehe waren bestimmte Neigungen des Partners offenkundig. Eine ihrem Verhalten gegenüber konträre Auffassung ergab sich für mich allein von Berufs wegen. Ich bin Seemann, Offizier der norwegischen Handelsmarine, und daher ein gewisses Maß an Disziplin und Einsamkeit gewöhnt. Das heißt natürlich, ich war Seemann, bis meine Frau mich an Land gezogen hat. So etwas ist heute praktisch unmöglich, weil ein Schiff kaum länger als sechs oder acht Stunden im Hafen bleibt. Ulla jedenfalls genügten die zehn Tage Liegezeit meines Frachters, um mich an die Vorzüge eines bürgerlichen Lebens glauben zu lassen. Zu meinem großen Bedauern besaß für sie diese Haltung nicht durchgängig jene tiefe Bedeutung wie zu Anfang unserer Beziehung. Unter bestimmten Aspekten befand ich mich gerade in jüngster Zeit sogar wieder auf See.

Es waren, zumindest aus meinem Blickwinkel, ziemlich beklemmende Abende. Das Gespräch mit mir suchten Mike und Werner so gut wie nie, und eine Kostprobe ihrer ständig neu entzündeten Joints boten sie mir nur ein einziges Mal an. Nachdem ich bei dieser Gelegenheit verneint hatte, nahmen sie das als eine grundsätzlich geltende Absage. Oder es gefiel ihnen eben, das so zu nehmen. Meine Ablehnung war selbstverständlich echt. Diese Droge hat mich noch nie gereizt. Auch in dem Punkt unterschieden sich meine Bedürfnisse leider wesentlich von denen meiner Frau. Soweit ich beobachten konnte, griff sie beherzt und freudig zu, wenn die Reihe an ihr war, obgleich ich das Gefühl hatte, ihr ginge es um ganz etwas anderes als das, was sie im nächsten Moment in die Lunge bekam. Für einen Außenstehenden war der Wert des Genusses schwer einschätzbar, doch ich kann mir nach wie vor nicht vorstellen, daß dies Zeugs jemals bei uns im Norden wirklich Fuß fassen wird. In bezug auf Ullas Zuneigung nutzte mir meine Überzeugung allerdings wenig.
Die Eigenarten von Mike und seinen Freunden sorgten für eine zusätzliche Belebung des Hauses. Sie kamen und gingen, wann sie wollten. Da unser Haus recht geräumig war – eine Gründerzeitvilla mit nach vorne gelegenen Büroräumen –, blieb mir oft genug unklar, ob sie zugegen waren oder nicht. Durchaus möglich, daß nachts um zwei Uhr einer mit schmalem Gesicht vor dem Video im Wintergarten dämmerte, oder ich einen anderen auf dem Weg zur Küche traf. Wäre Ulla nicht im Hause gewesen, hätte ich mich in solchen Momenten an die Fahrenszeit erinnert fühlen

können, mit der Einschränkung, daß meine Weisungsbefugnis nun weniger eindeutig geregelt war. Du hast doch nichts gegen die beiden, sagte Ulla und schaute mich mit ihren ungewöhnlich ruhig stehenden Augen prüfend an.

Meine Aussichten, hier jemals wieder geordnete Verhältnisse herzustellen, wurden von Tag zu Tag geringer. Eine Art Nebelwand tat sich auf. Das Phänomen Haschisch war mir von früheren Fahrten her nicht völlig unbekannt, obwohl man bei Aufenthalten in den verhüllten Ursprungsländern allzuviel auch wieder nicht mitbekommen konnte. Bei den Mannschaften war es in Gebrauch, aber wie gesagt, mein Interesse dafür war nie da gewesen. Einzig, um über Ullas Zustand etwas zu erfahren, las ich mich ein wenig in das Thema ein. Sehr verwirrende Sachen ... Heute weiß ich, daß es Monate braucht, um das Material nur erst zu ordnen, und weitere Monate, um vielleicht zu einer genuin eigenen Äußerung zu kommen. Gefallen hat mir sofort der deutsche Autor Ernst Jünger, der annähernderweise schrieb, daß keine Acceleration in der Lage sei, die Grundpotenz des Ichs zu steigern – und trüge sie dich zu den Sternen, wie er poetisch noch hinzusetzte. Als ich im Wintergarten seine Gedankengänge vortrug, erntete ich herbeste Ablehnung. Ich mußte annehmen, das Gegenteil hielt man hier für richtig. Um mich gegen eventuelle Vorwürfe der Spielverderberei seitens Ulla abzusichern, hatte ich meinen Vortrag ziemlich ironisch gefaßt, ohne jedoch die Sympathie für Jüngers Überzeugung zu verhehlen. Für mich bedeutete die ironische Geste nicht von vornherein den Verzicht auf Glaubwürdigkeit. Aber du selbst kennst die Wirkung doch gar nicht ..., lautete sinngemäß der Tenor dessen, was Ulla dazu sagte.

In der Folge beherrschte mich mehr und mehr der Gedanke, es müsse etwas geschehen, das die Lage wieder veränderte. Ohne den Vorgang dramatisieren zu wollen, fand ich mein Haus sozusagen von diesen Knaben besetzt. Das Eingeständnis, demgegenüber handlungsunfähig zu sein, war unerträglich ..., aber der Charakter des Geschehens verbot nun einmal direkte oder heftige Aktionen. Wenn Mike und Werner tagelang nicht erschienen, behandelte mich Ulla dermaßen unwirsch, als hätte ich die Jungs hinter ihrem Rükken verjagt. Wenn den beiden das Zeugs ausgegangen war, durften sie ihrerseits unwirsch auftreten, ohne gemaßregelt zu werden. Viel fehlte nicht, dachte ich damals, und sie würden mich um Nachschub losschikken. Wirf die Jungs einfach hinaus, meinte Jan, als er zum Schachspielen herüberkam. Das mußte ausgerechnet dieser Mensch sagen. Er hatte sich in der übernächsten Villa derart verschanzt, daß erst gar niemand hineinkommen konnte. Wegen seiner Kunstsammlung einerseits, aber auch wegen seiner ängstlichen Mutter, mit der er und sein Bruder dort lebten. Die Millionärin verstand es, ihre Kinder zusammenzuhalten, wobei Jans Standesangabe – unverheiratet – zugleich die Unterlassung selbst geringfügigster Aktivitäten hinsichtlich einer Änderung einschloß. Gar nichts lief da, er schien immunisiert ..., und trotzdem neidete er mir meinen Status mitunter ganz offen. Seine Ratschläge gingen bis zum Äußersten und bezogen die Möglichkeit des Verlustes unbedenklich ein. Meine große Wertschätzung für Ulla, sagte ich ihm wiederholt, wird auch wegen ihrer neuesten Geschichten um nichts geringer. Mußte ich ihm eigentlich bei jeder Krise klarmachen, wieviel mir diese Frau bedeutete? Wir spielten jeweils einige Partien, in jener Phase verlor ich überwiegend. Eines abends erwähnte Jan beiläufig, der von ihm verliehene Chagall sei wieder aus den USA zurück. Seltsamerweise schätzten wir den Chagall beide. Wie sehr wir doch an einer halben Wahrheit hängen können.

Die Szenerie im Wintergarten schien mir zu diesem Zeitpunkt eine des reinen Amüsements. In meinen Augen konnte niemand die Theorie einer sich unmittelbar vollziehenden Bewußtseinserweiterung auch nur im Ansatz bestätigen. Aber so, wie er sich mir offenbarte, beinhaltete dieser Erfahrungsbereich zweifellos eine erotische Komponente ..., eine Erkenntnis, die vom damaligen wie heutigen Standpunkt aus nicht ohne Bitterkeit ist. Während Ulla mit Mike irgendwo im Kino saß, fand ich in ihrer Polsterecke einen Auktionskatalog, in dem mehrere Bilder angekreuzt waren, darunter auch ein Chagall. Eindeutig ging es dabei um eine preisvergleichende Orientierung. Als ich die Jungs zur Rede stellte, bekannten sie freimütig, daß sie gern bei Jan etwas herausholen würden. Etwas herausholen bei Jan ..., hatte ich die beiden irritiert gefragt, bis mir klar wurde, daß sie über seine Verhältnisse, seine Bilder etc. bereits informiert waren. Solange ich Zeuge blieb, entwickelten sie einzig hierbei themengebundene Energien über Stunden und Stunden. Sie gru-

ben Tunnels zu Jans Villa, bauten Dachstege dorthin in ihrer Phantasie oder inszenierten Auftritte als reparaturwillige Handwerker, wie sie es aus Filmen kannten. Ohne Scheu telefonierte Werner vor uns allen mit einem Elektronikspezialisten und horchte ihn gründlich aus. Einen Augenblick lang war ich sogar in der Annahme erleichtert, daß in Jans Kunstbesitz der eigentliche Grund ihres permanenten Aufenthalts bei uns liegen könnte. Andererseits zeigte Ulla sich offen erfreut über diese Kreativität der Jungs, wie sie deren Überlegungen zusammenfassend bezeichnete. Um meine Verärgerung zu verbergen, sagte ich, totaler Schwachsinn das Ganze, das ist nichts für euch, und warnte sie sachlich vor Problemen mit den Sicherheitsanlagen und den Wachleuten in der Nacht. Ungeachtet dieser Mahnungen wuchsen die drei rasch zur Planungseinheit heran und vertieften damit ihre Beziehungen – sehr zu meinem Verdruß. Was sie in der Angelegenheit weiterhin vorhatten, teilten sie mir natürlich nicht mit, hingegen teilte Ulla mir mit, daß sie momentan unser Schlafzimmer lieber allein benutzen wollte. Ihre veränderte Sensibilität würde das erfordern, erklärte sie. Was sollte ich tun. Ich befand mich im Zentrum mehrerer Klischees, was meinen Schmerz, wie ich wußte, keinesfalls erträglicher machte.
Bis zuletzt habe ich als Ausweichquartier das Turmzimmer im zweiten Stock bewohnt. Vom privaten Streß jener Tage boten meine Geschäfte mir leider kaum eine Ablenkung. Unter dem Namen »Klammex« vertrieb ich metallene Klammern, wie sie für den Zusammenhalt von Baumstämmen benötigt werden. Ein leichtes, überschaubares Geschäft, ohne den

Zwang zu technischen Verbesserungen, ähnlich dem mit Rasierklingen. Außer der Zeit selbst sah ich wenig Hinweise darauf, wie meine Lage hätte verändert werden können. Auch weigerte ich mich, genauer hinzugucken, wie die Dinge unten im Hause weiterliefen. Diese Jungs mit ihren kleinen, grünen Stückchen ..., diese Gauner mit ihren dummen Streichen ..., den Konkurrenzgedanken lehnte ich selbstverständlich ab. Gleichwohl grübelte ich nach einer Lösung, um die frühere Situation wiederherzustellen. Ich mußte mich Ulla von einer völlig anderen Seite zeigen! Möglichst von einer beeindruckenden, geradezu umwerfenden Seite. Aber brauchte es unbedingt Katastrophen, um einen zu retten? Man sollte in seinem Turmzimmer nicht ständig die Nase ins eigene Unglück stecken. Das Leben ist noch nie schlüssig gewesen, und die Liebe hat möglicherweise ihre Exklusivität verloren. Mein Schlaf kam nicht gerade wie ein Taxi. Aus dem Wintergarten fiepte lange die Musik, und in der Außenmauer des Turmzimmers fiepte die Brut, die eine Amselmutter dort hochzog.

3

In eine abendliche Schachpartie hinein platzte Ulla mit der überraschenden Ankündigung, daß sie so schnell wie möglich das Fliegen erlernen wollte. Richtig Fliegen? Selbst Fliegen? Düsenfliegen? Unerschrocken diese Frau ... Sie war nie eine, die sich lange mit Träu-

mereien aufhielt. Jawohl, sie wollte so schnell wie möglich Stunden nehmen, um ihren Flugschein zu machen, und dann up, up and away. Jan schaute mich skeptisch an, als ob ausnahmsweise ich etwas bereits im Keim verhindern sollte. Gewagte Aktivitäten bedachte er grundsätzlich mit großem Argwohn. Die Hexen kommen alle wieder runter, sagte er wie stets auf schwedisch, um in dieser Westeuropäern überwiegend ungeläufigen Sprache seine Bosheiten zu kaschieren. Natürlich stand Ulla an diesem Abend aufs neue ausgezeichnet da. Mit großem Hallo wurden die Prospekte einer Flugschule kommentiert. Im Wintergarten hoben meine Frau und die Jungs probeweise ab und erreichten rasch die Höhen detailverliebter Euphorie, bis sie zur Feier des Tages in die neue Airport-Disko aufbrachen.
Soweit ich sehen konnte, zeigten Mike oder Werner keine Anzeichen von Bedenken wegen der Absicht Ullas. Warum sollte eine Frau von Ende dreißig nicht selbst das Steuer in die Hand nehmen und fliegen? Ungewöhnlich wäre das wirklich nicht. So etwa stellte ich mir ihre Meinung vor. Obwohl ich nicht genau wußte, welche Rolle die Jungs bei dieser Idee spielten oder spielen sollten, empfand ich darin nach einem trivialen Reflex genug Grund für eine kleine Erleichterung. Daß die Flugpläne Ullas so oder so meine Bedürfnisse ein weiteres Mal stark kontrastierten, dürfte aus dem Zusammenhang mehr als einleuchtend sein, war aber kein Anlaß, ihr den Wunsch abzusprechen.

Wenn ich mich zurückbesinne, habe ich anschließend mit Jan noch ein Gespräch über meine Misère geführt.

Die blieb ja unverändert bestehen, und je länger sie das tat, befürchtete ich, je höher die Gefahr, daß Ulla in ihren Vorhaben andere eher berücksichtigte als mich. Mir ist nicht mehr erinnerlich, ob ich bereits an jenem Abend meine Entscheidung traf ..., vermutlich ohne es zu wissen, nämlich als Jan von gigantischen Lösungen sprach und sagte, ein Liebesbeweis könnte nicht groß und schockierend genug sein. Ausgerechnet in einer Unterhaltung mit diesem, in solchen Fragen von mir für völlig inkompetent gehaltenen Mann mußte so etwas wie ein Entschluß fallen ..., das entbehrte nicht der zusätzlichen Ironie. Aber wann schon ist jemand wirklich zuständig bei solchen Problemen. Jedenfalls kaufte ich anderntags in einem Antiquitätengeschäft ein Riesenviech von gußeisernem Adler für Ulla und erklärte ihr, ich müsse einige Tage für »Klammex« verreisen. Der nach der Natur skulpturierte Vogel, dem die dreißiger Jahre sichtlich in den Federn hingen, traf wie vorhersehbar ihren Geschmack. Sie gab ihm sofort seinen Platz auf einer Konsole in der Halle, wo er immer noch steht, mit seinen meterweit geöffneten Schwingen den Hereinkommenden zugewendet.

4

Bis zu diesem Zeitpunkt hätte niemand gravierende Zweifel an meiner Loyalität gegenüber den Gesetzen unseres Gemeinwesens äußern können. Der Blick auf mein einwandfreies Vorleben, oder der in meine Firmenbücher, erlaubte nicht die geringste Skepsis. Selbst wenn ich damit im Gegensatz zur mehrheitlich landesüblichen Auffassung stehen sollte, war auch der Zweck meiner Reise nach *Karachi* für mein persönliches Rechtsempfinden keineswegs eine extreme Belastung. Was Berufsgruppen wie meine frühere betrifft, bestand seit jeher ein traditioneller Hang zu maßvollem Schmuggel. Durch unsere exakten Kenntnisse von Transport- und Transitbestimmungen verloren die meisten Vorschriften ihre einschränkende Funktion. Natürlich bleibt eine illegale Nutzung nicht vollkommen risikolos ..., aber letztendlich wußte ich, warum ich dies alles tat. Mir war ein alter Bekannter aus Fahrenszeiten eingefallen, ein Geschäftsmann für alle Gelegenheiten. Wenn du einmal etwas brauchst ..., hatte er, ein Brite, eines Tages leichthin gesagt, als rechnete er nicht mit dem Eintreten des Falles. Das Leben in *Karachi*, seine Firma und er selbst schienen durch die Jahre kaum verändert. Nur ein Liebesdienst für jemanden, nichts weiter, so erklärte ich ihm meinen Kaufwunsch. Im Handumdrehen hatte er das Zeugs besorgt und alles weitere ohne Probleme arrangiert. Auf den beiden Flügen fühlte ich mich Ulla in Gedanken stark verbunden, und mit Air France via Paris war ich nach fünf Tagen wieder zurück.

Soweit ich mich erinnere, war Mike der erste, den ich traf. Er verließ gerade das Haus. Meine jäh aufsteigende Wut wurde gemildert, als ich sein Gipsbein sah. Vom Sport ..., sagte er nur, als ahnte er meinen Verdacht der Fassadenkletterei. Viel mehr hatten wir uns natürlich nicht zu sagen. Ziemlich feierlich habe ich

Ulla dann in mein Büro gebeten. Als ich den Aktenkoffer öffnete, erkannte sie mit einem Blick, daß darin klarfolienverpackt an die zehn Kilogramm Haschisch lagen – die Menge, die eben hineinpaßte. Allein ihr allererster Ausdruck von Entsetzen und Erstaunen und vielleicht sogar einer Spur von Anerkennung entschädigten mich für die Mühen der vergangenen Tage. Warum denn soviel, leicht schockiert war sie zurückgewichen, oh, mein Gott ..., und Momente später auch, ... da danke ich dir aber schön, so lauteten ihre Worte in der Verwirrung. Daß meine Frau den emotionalen Hintergrund der Aktion nicht sofort begriff, verübelte ich ihr keineswegs. Es gab mehrere Möglichkeiten, das Geschehen spontan einzuordnen. Nach außen hin gingen wir unverzüglich zur Tagesordnung über. Das schloß die für mich bedrückende Szenerie im Wintergarten weiterhin ein. So schnell änderten sich auch durch einen Kraftakt die Dinge nun einmal nicht. Ich hielt es für angemessen, die Runde zunächst zu meiden, zumal mir Mike seit meiner Rückkehr des öfteren unverfroren zuzwinkerte. Na warte Freundchen, dachte ich, doch schon fiel ich der Kompliziertheit meiner Gefühle wieder anheim. Ulla schaute ganz lieb öfter im Turmzimmer nach mir, fürsorglich aus Irritation, wie mir schien. Einige Tage wirkte sie noch verstört, bis sie als ungewöhnlich tatkräftige Frau die praktische Seite der ganzen Angelegenheit erfaßte ..., die Klarfolienpackungen begannen zu schwinden. Mich interessierte das Zeugs nach wie vor nicht. Aber die stille Genugtuung, die ich beim Blick in den verrauchten Wintergarten empfand, war mir in der Dürftigkeit dieser Tage ein mehr als willkommener Balsam.

Viel Neues gab es nicht an jenen Abenden, in deren Verlauf Jan und ich einige Partien spielten. Das heißt natürlich, es gab doch etwas. Jan erzählte vom soeben unterzeichneten Testament, das die Katholische Kirche als seinen Universalerben einsetzte. Ein metaphysischer Ausrutscher dieses nicht einmal Fünfzigjährigen, wie ich jedenfalls fand. Warum mußtest du immer den Chagall anstarren, sagte ich nur. Diese Verklärung ..., ständig diese schwebenden, händchenhaltenden Pärchen vor Augen ..., das konnte bei einem Mann wie ihm nicht gutgehen. Wenn Ulla erführe, daß Jan einen Kirchenetat zu steigern beabsichtigte, würde ich mich nach einem neuen Schachpartner umsehen müssen. Sie selbst klagte häufig über die viel zu hohen Kosten für die Erlangung der Flugscheine. Vermutlich um das mir gegenüber zu verdeutlichen, nahm sie mich einmal mit hinaus auf den kleinen Privatflugplatz. Sie geriet dort nahezu außer sich vor Schwärmerei und erläuterte mir in Einzelheiten, was alles sie bereits wußte.

Später zog sie mich an der Hand hinüber zu einem Hangar am Ende des Feldes. Sie zeigte mir ein zweisitziges, rundliches Flugzeug, das aussah wie jene in älteren Zeichentrickfilmen. Es war ein gebrauchtes englisches Modell. Kostet nur dreißigtausend Mark, sagte Ulla, Tipsy Nipper heißt es, das wacklige Bürschlein.

5

Unmittelbar im Anschluß an meine zweite Rückkehr aus Karachi war ich fest untergebracht worden. Während der Verhöre herrschte rundum großes Rätselraten über meine Tatmotive und vor allem darüber, daß ich bei jeder Gelegenheit völlig unkontrolliert in heftigste Warnungen vor den Tücken der Droge verfiel. Doch die Leute hier glaubten mir kein einziges Wort. Sie hielten dies alles für verlogene Rechtfertigungen und machten mir nichts als Ärger, indem sie meine wütenden Ausfälle schlichtweg als Ablenkungsmanöver abtaten.

Aber ich erlebte durchaus Momente der Zufriedenheit. Samstagnachmittags, wenn die Flugschüler zu ihrer Stunde starteten, schob ich meinen Tisch an die Wand und stellte den Stuhl darauf, um so nahe wie möglich ans Fenster heranzukommen. Auf diese Weise konnte ich die Spaziergänger auf der anderen Straßenseite sehen. Es war ein wohltuend gewöhnlicher Anblick. Und wenn ich durch das schmale, vergitterte Rechteck hinauf zum Himmel schaute, dann wußte ich, dort dreht sie jetzt ihre Kurven, hoch oben in der Luft.

Die Kanzlerhandtücher

Zum ersten Mal habe ich nach einer Bewerbung für ein Stipendium ein relativ gutes Gefühl. Ohne bisher konkrete Hinweise auf eine Zusage erhalten zu haben, spüre ich einfach, daß es an der Zeit ist. Noch dazu stehe ich mit diesem Gefühl nicht völlig alleine da. Auch Eva nimmt an, daß die Sache klappen müßte. Bei ihr ist die positive Haltung gegenüber meinen Vorhaben ein mehr oder minder notorischer Reflex, was jedoch nicht heißen soll, sie stünde wirklich hinter den jeweiligen Absichten. Ich denke, ihr kritisches Potential ist wie von selbst auf dem Boden unserer Beziehung gewachsen. Meine persönlichen Möglichkeiten rechnet sie zwar aus den objektiven Betriebsbedingungen hoch, doch diese Bedingungen wiederum erscheinen ihr zweifelhaft. Im Grunde kennt sie nichts anderes als die üblichen Gerüchte über die Markt- und Verteilungspraktiken. Auf dem Papier sieht ein Entwurf so gut wie der andere aus, sage ich gedankenlos, warten wir es ab.

Heute nacht habe ich geträumt, daß Evas Hund überfahren wurde, gleich zweimal sogar, ich meine, zweimal wurde er überfahren. Der Unglücksfahrer hatte verdammte Ähnlichkeit mit einem meiner Nachbarn, dem Honda-Mann von nebenan. Zwischendurch war das Tier für einen Moment wieder auf den Beinen, als wäre nichts passiert. Soll ich den Traum als Signal für eine neuerliche Verhärtung der Situation mit Eva begreifen? In angespannten Zeiten folge ich einer uneingestandenen Neigung, diese Dinge zu beachten. Der

Hund ist natürlich wohlauf und stammt übrigens aus Marokko, einem der in meiner Bewerbung angegebenen Ziele für einen längeren Aufenthalt. Könnte der Traum vielleicht ein Omen in diesem Zusammenhang sein? Den Gedanken, falls es überhaupt einer ist, will ich jetzt lieber nicht vertiefen.

Viel wichtiger scheint mir, daß auch Markus von einem positiven Bescheid ausgeht. Bei ihm kommt mir solch eine Annahme wesentlich begründeter vor. Schließlich kennt er sich in der Angelegenheit besser aus als Eva. Wir diskutieren jeden Tag einmal über meine Aussichten. Wir diskutieren nicht mehr darüber, warum er selbst sich nicht beworben hat. Kein Bedarf, kein Interesse an Reisen, hatte er das Thema eines Tages als für ihn persönlich beendet erklärt. So ein Reisestipendium ist bestimmt nicht jedermanns Sache, obwohl ich mir gerade bei ihm in dem Punkt absolut nicht sicher bin – die strikte Ablehnung hat mich sogar überrascht. Seine Chancen, den Zuschlag der Jury zu bekommen, wären auf keinen Fall geringer als meine. Die letzten Projekte haben wir ausnahmslos gemeinsam in unserer Gruppierung »Werkstatt Kleistpark« realisiert. Wir stimmen überein, was die Auffassung vom notwendigen Auszug aus dem Rahmen des Üblichen angeht. Unser Motto für die Wasserturm-Installation und auch für die sehr mediengerechte Minigolf-Veranstaltung lautete schlicht, »was nicht drin ist, das ist draußen«, und insofern finde ich meine Bewerbung nichts weniger als eine konsequente Weiterführung dieser Ideen.
Gleichzeitig handelt es sich aber auch um die Suche

nach einem Weg zurück, zurück zur Farbe nämlich, zur Farbe als Substanz. Ich will einen Prozeß der Farbgewinnung im Gebiet der ehemals spanischen Sahara erkunden und vielleicht dokumentieren. Das ist der Gegenstand meiner Bewerbung. Markus war an der Begründung meines Antrags stark beteiligt und am Ende mit dem Ergebnis hoch einverstanden. Nach unserer Überzeugung bietet sich jenes Reisestipendium eines Keksherstellers für meine Zwecke geradezu offen an. Für mich wäre es die erste größere Unterstützung, so daß ich selbstverständlich Markus dankbar bin für den Zuspruch, den er mir, unbeschwert von Eigeninteresse, in der Wartezeit gewährt. Mein gutes Gefühl, meine Hoffnung, wird ohnehin von den gemeinsamen Aktionen genährt, sie müßten, nebenbei gesagt, für die nötige Suggestion gesorgt haben, die für eine erfolgversprechende Bewerbung unerläßlich ist. Meine früheren Versuche in der Richtung liefen doch zu sehr ins Blaue hinein. Natürlich hoffe ich, daß durch eine eventuelle längere Abwesenheit die Freundschaft zwischen mir und Markus keinen Schaden nimmt. Daß er von mir jetzt öfter gebrauchte Handtücher erbittet, verwundert mich allerdings ein wenig. Zugegeben, sehr gebrauchte Handtücher. Kommentarlos drückt er mir für jede Lieferung einen Zehnmarkschein in die Hand, was ich als zusätzlichen Akt geringen Vertrauens empfinde.

Um das von vornherein klarzustellen – ich glaube nicht, daß es auf der Ebene unseres Tuns so etwas wie dauerhafte Seilschaften gibt. Schon die Ausgangsposition ist paradox, denn in der äußersten Anstrengung des einzelnen liegt notwendigerweise Ursprung und Ausmaß künftiger Diskrepanzen mit den anderen. Die Biegung des Flusses, sagt Markus, eines Tages wird jeder vor ihr stehen. Ich ahne, was er meint, doch durch die Heranziehung naturhafter Bilder sind meine Widersprüche nur bedingt lösbar. Seit neuestem habe ich mitunter den Eindruck, seine Augen zögen sich zu Schlitzen zusammen, ferngerichtet auf ein Ziel, ein für andere kaum wahrnehmbares. Eröffnet sich ihm eine mir verborgen gebliebene Perspektive? Er spricht verdammt wenig über das, was er in der nächsten Zukunft machen will. Oder ist es ihm lediglich unmöglich, das genauer auszudrücken?

Wir haben lange genug Blümchenmuster an Kritikerwände geklebt, sagt Markus ohne Bedauern. Obgleich ich ihm grundsätzlich zustimme, finde ich, daß die Wände auch interessante Aufschlüsse bringen. Die jüngste Kunst erhellt einen wenig, sie behelligt einen. Das zeigen mir diese Wohnungen. Die Kontinuität ist futsch – das sehe ich dort. Also rechtzeitig die Pferde wechseln, sagt Markus und pokert sofort seine nächsthöhere Karte. Er vermietet abendelang sein Loft in der Weise, daß es für die Gäste den Anschein hat, der jeweilig Einladende sei dort zu Hause. Zumindest im metaphorischen Sinn dort zu Hause. Das lassen sich die Leute etwas kosten. Ein Pulloverhersteller wirft eine Party für auswärtige Geschäftsfreunde. So kommen alle einmal in ein Loft. Ein Verlag für Aussteigerliteratur gibt seinen Gründungsempfang. Markus' gesellschaftliches Spektrum erweitert sich ganz nebenbei. Sein inszenatorisches Spektrum ebenso. Mit wenigen Handgriffen ist der Raum zu verwandeln. Markus kann seine Glitzerbar hineinrollen oder ein funktionierendes Toilettenbecken mit durchsichtigem Plastikvorhang aufbocken, mitten im Raum. In einer Längswand befindet sich übrigens ein großes Loch in der Mauer, ein Loch in Form der Silhouette eines spontanen Supermann-Durchsprungs. Das Loft liegt hoch genug für einen Start im siebten Stock. Wenn das Fest vorbei ist, läßt er mir gegenüber durchblicken, verharrt manche Teilnehmerin noch lange vor dem luftigen Ausguck.

Kann es möglich sein, daß unsere Gruppierung zunehmend lockerer wird? Die Gründe für die momentane Zurückhaltung der anderen hinsichtlich der Beantragung von Unterstützungen sind mir nicht restlos bekannt. Irgend etwas in der Richtung muß jedoch laufen. Allerdings bin ich einigermaßen sicher, daß wir eine Abneigung zumindest gegen den Run auf gewisse Töpfe immer noch teilen. Aber den Grad jener Abneigung kann so genau auch wieder keiner vom anderen wissen. Ich habe einmal versucht, vielleicht auf zu krasse Weise versucht, im Anklang auch daran, das am Modell eines leibhaftigen Rattenrennens darzustellen. Das liegt schon eine Weile zurück. Markus hatte von der Aktion dringend abgeraten. Tatsächlich wurde ich selbst zum Zielpunkt eines fürchterlichen Protestlaufs aus allen Richtungen. Vermutlich hatte mein beträchtlicher Alkoholkonsum bei der Sache eine Rolle gespielt. Vermutlich nicht nur bei dieser Sache. Als Tor zwischen Kunst und Leben steht ein Nadelöhr, sagt Eva, egal von welcher Seite du kommst. Wenn ich oft genug von beiden Seiten durchgerannt bin, muß ich einmal mit der Faust auf den Tisch schlagen. Bei meiner Statur sieht das schlimmer aus, als es ist. Du willst eben die einfachste Rolle im besonderen Fach, so interpretiert Eva meine Bemühungen. Muß ich ihr denn jeden Schritt erklären? Gerade bin ich 33 Jahre alt geworden. Eva kenne ich seit drei, Markus, glaube ich, seit fünf Jahren. Eine Weile auf Abstand zu gehen, wäre nicht schlecht. Ich spüre jedenfalls deutlich den frostigen Atem jüngerer Mitbewerber. *Nachts, in flachen Kellern, platzen ihre frustrierten Schreie rot auf meine Trommelfelle.*

Als wir uns in dem neuen Restaurant treffen, sagt Markus, heute erfahren wir etwas über deinen Antrag. Die Bungert sitzt mit Dr. Casdorff dort hinten. Die Bullaugen-Bungert, wie ich sie in einer Anspielung nenne. Die Geschichte habe ich schon zigmal erzählt, ohne darin Thesenhaftes aufwerfen zu wollen. Auf einem Fest vor Jahren trug die Frau ein Kleid, das, geschickt über den Körper verteilt, handtellergroße Löcher aufwies. Bloße Haut schaute durch, ein Beitrag zur Als-ob-Art. Es war schwierig, mit ihr zu tanzen und stoffbelegte Kleidteile zum Festhalten zu finden. Sie gehört der Keksjury an, sagt Markus. Ich weiß. Welcher Jury gehört sie eigentlich nicht an? Raphael erscheint mit einem jungen, ernsten Begleiter. Raphael fragt, ob ich Nachricht von den Keksleuten hätte. Augenblicklich entsteht eine im Tenor barsch ablehnende Diskussion, was Stipendien und ähnliche Zuwendungen betrifft. Raphaels Begleiter, besonders der, schimpft furios auf

Willkür, Zufall und Manipulation bei der Auswahl der Bewerber durch die Gremien. Was tut er denn so? Er macht Musik. Ja, und? Er will nach Rom. Rom? Ich bin sofort überzeugt, daß er ein anständiges Stipendium für Rom in der Tasche hat. Mit den Bestsellern der Moritzplatzleute soll es endgültig vorbei sein. Warum? Weil sich ihr Gönner und Preistreiber von ihnen zurückzieht. Diese personifizierte Signalfunktion sammelt jetzt Chinoiserien und sonst gar nichts, sagt Raphael. Unsere Stellungnahmen sind widersprüchlich. Einerseits schätzen wir die Moritzplatzleute nicht sonderlich, andererseits dürfte der Trend zur Chinoiserie unseren Zielvorstellungen ebensowenig entgegenkommen. Diese permanenten Gespräche über berufliche Belange werden immer unerträglicher. Während in Künstlerkreisen zunehmend über Geld geredet wird, sprechen die Geschäftsleute zunehmend über Kunst. Der Typ des hellweißen, schlichten Restaurants scheint auf diese Neutralisierung geradezu konzipiert.

Einige Tische entfernt ist Markus vor der Bungert in die Hocke gegangen. Was kann einer aus dieser Position nicht alles erreichen. Devot und stabil sein, das meine ich, eine Haltung, die einzunehmen mir leider nur selten gelingt. Als Markus zurückkehrt, nickt er mir einmal zu, es sieht sehr, sehr gut für dich aus. Einen Moment lang befürchtet zumindest er einen meiner Ausbrüche. Weder mit Enttäuschung noch mit Freude weiß ich wirklich, wohin. In die Sahara wird es gehen. In die ehemals spanische Sahara. Mein ausdrücklicher Wunsch, und ein Jahr Zeit. Eingedenk auch des Gesprächs vor einigen Minuten liegt mir im

Augenblick nicht an einer Veröffentlichung der Botschaft. Einer Botschaft, das entnehme ich Markus' weiterhin dezent zustimmender Mimik, an der wohl keine Zweifel mehr bestehen.

Die Aussicht auf einen nicht fernen Aufbruch nach Nordafrika begeistert mich von Minute zu Minute. Schon sehe ich sie vor meinem geistigen Auge, jene in blauen Burnus gehüllten Gestalten, lange und unbewegt stehen sehe ich sie, auf sandigem Grund, ihren Blick auf den weiten Horizont gelegt ... Was ist ein Reisestipendium? Zunächst das Kreuz hinter einem Namen auf einer Liste mit Namen. Muß ich mir den Kopf darüber zerbrechen, warum es hinter meinen Namen gekommen ist? In die Wüste wird die Reise gehen, das ist die Bedeutung meines Kreuzes. In der Stadt kommen wir stets auf das Naheliegende, ich aber werde auf die Suche gehen. Markus hat mich erneut aufgefordert, ihm alle Handtücher zu geben, die ich bis zur Abreise noch verbrauchen werde. Es wäre aussichtslos, ihn nach dem Zweck der Sammlung zu fragen. Er würde nichts Definitives sagen. Dagegen kennt er meine Pläne genau. Er weiß, daß ich die sogenannten Blauen Männer aufsuchen will, Angehörige eines kleineren Stammes der Obergruppe der Tuareg. Der unbeirrte Umgang mit Farbe hebt diese Nomaden in meinen Augen aus dem Gros der Wüstenvölker heraus. Mir ist klar, daß es sich um ein Vorhaben mit zahlreichen Unsicherheitsfaktoren handelt. Aber keinesfalls soll die Sache auf irgendwelche ethnologischen oder kulturhistorischen Zitate hinauslaufen. Am Ende, so hoffe ich, müßte eine Erkenntnis stehen, die das rein Materialhafte meiner jetzigen Vorstellungen übersteigt.

Die Wahl der Jury ist völlig zu Recht auf mich gefallen, unterrichte ich Eva ironisch und kalkuliere eine Trotzreaktion ein. Während ich mit meinen sechs bis sieben Vierteln Wein im Leib in ihr Korbgeflecht sinke, will sie mitten in der Nacht einen Pfefferminztee brühen. Offenbar ist sie außerstande, diese Nacht wie andere Nächte zu verbringen. Im Augenblick bezieht sie die Nachricht stark auf sich selbst. Ein Jahr lang, wird sie denken, ein ganzes Jahr lang, wird sie denken. Nachdem ich in diese Richtung vage Andeutungen gemacht habe, erwidert sie umgehend, mit meinem Besuch dort unten brauchst du gar nicht erst zu rechnen. Ich weiß, daß ich ihr Verständnis wiederholt strapaziert habe, meine Zweifel mußte sie entgiften, meine permanent bohrenden Selbstzweifel. Und die sind auf einmal wie weggeweht. Ich werde in den Süden gehen, soweit steht das fest. Ich will meine Farbe nicht beim Händler kaufen, ich will sie aus der Sahara holen. Entgegen allen bisherigen Äußerungen spricht Eva mir plötzlich das ernste Interesse an der Sache ab. Wenn überhaupt etwas, sagt sie, interessiert dich dort unten etwas Braunes. Angesichts ihrer Vorwürfe verfalle ich in erhebliches Unvermögen, was den unmittelbaren Verlauf der Situation angeht. Der scharf aufsteigende Pfefferminzgeruch erhöht meine Unsicherheit über die nächsten notwendigen Schritte zusätzlich. Anstatt mich an die Brust zu drücken, legt die liebe Eva mich ein weiteres Mal auf ein metallenes Bett, jetzt, wo ich einem außergewöhnlichen Zustand so unwahrscheinlich nahe zu sein glaube.

Seit Tagen schon kann ich niemanden erreichen. Mehrmals hintereinander habe ich dieselben vier, fünf Telefonnummern gewählt, doch keiner hebt ab. Ich habe wenig Ahnung, was mich hier erwartet. So gesehen, ist einmal mehr alles offen. Seit meiner Rückkehr aus Nordafrika fühle ich mich jedenfalls motiviert und eigentlich voller Tatendrang. Leider laboriere ich noch an den Folgen einer leichten Hepatitis, was nicht heißen soll, daß sie der Anlaß für meine vorzeitige Heimkehr war. Das Interesse schlug um. Das war der Grund. Nahezu acht Monate bin ich unterwegs gewesen. Wie rasch einem doch die Erinnerungen erkalten und zu Streunern unter der Oberfläche werden ... Im Augenblick überwiegt eindeutig meine Neugier. Natürlich bin ich auf Überraschungen eingestellt. Bereits auf dem Rückflug fand ich einen bemerkenswerten Hinweis, als ich nach längerer Zeit wieder eine deutsche Zeitung in die Hand bekam. Im Feuilleton, und zwar groß aufgemacht, wurde Eva-Maria unzweifelhaft positiv besprochen. Dem Bericht zufolge läuft von ihr eine umfangreiche Einzelausstellung. Abgesehen vom Rang des Blattes hielt ich die Tatsache einer Einzelpräsentation für höchst erstaunlich. Wie hatte sie das angestellt? Das ist eine Veränderung, mit der ich nicht unbedingt gerechnet hatte. Aber das Unerwartete gehört zum Wesen der Veränderung, und ich denke, daß ich zu diesem Aspekt einiges in meinem Skizzenbuch festgehalten habe. Das Buch ist ordentlich gefüllt, und in einem Karton befinden sich verschiedene Substanzen zur Farbherstellung. Ich würde gern sofort an die Bearbeitung der Sachen gehen, noch hindert mich die entzündungsbedingte Schläfrigkeit daran und sorgt auf diese Weise durchaus für einen kleinen Dämpfer.

Aber was ist hier während meiner Abwesenheit geschehen? Meine Ankunft habe ich niemandem mitgeteilt, selbst Eva nicht, vielleicht ist sie ein paar Tage verreist. Ihre Reaktion auf meine Rückkehr bleibt ohnehin schwer vorhersehbar. Ich würde sie gern überprüfen, versteht sich. Wiederholt schieben sich in meine Konzentration die simpelsten Berechnungen von Handgriffen im Haushalt. Ich muß mir die Zeittakte von neuem einprägen. Teekochen braucht fünf plus fünf Minuten, toasten braucht zwei Minuten, die Werte dann exakt abstimmen und gegenrechnen mit dem Duschen oder dem Gang zum Müll ... dies unerklärliche Bemühen um zeitverlustarme Optimierung der Reihenfolge, ohne erkennbaren Grund zur Eile. Tagsüber beschäftigt mich die Farbherstellung. Um die Sandpigmente lose zu halten, breite ich sie auf einer Plane mitten im Zimmer aus. Ich bin im Besitz aller Zusatzstoffe und der genauen Anweisungen. Wochenlang habe ich in der Verandabar in Goulimines auf meinen Mann gewartet, wochenlang habe ich den Kassettenrekorder für ihn gegen alle Attacken verteidigt. Trotzdem werde ich Glück brauchen. Schimmern die Wände bereits bläulich?
Nachts habe ich den Eindruck, die Menge nebenan bewegt sich. Mein Hörsinn ist weiterhin übersensibilisiert. Ich wäre nicht der erste, der Farben zu hören

glaubt. Aber in der pulvrig gehäuften Landschaft muß irgend etwas arbeiten. Die Farbe wird ohne Bindemittel hergestellt und bleibt daher leicht löslich. Beim Umgang mit ihr legen sich kleine Partikel auf die Haut an den Armen, im Gesicht. Deshalb werden die Blauen Männer so genannt. Unentrinnbar sind sie der Abfärbung ausgesetzt – als Stigma, als Farbe des Geistes umspielt Blau sie ihr Leben lang. Ihr Gebiet wird seit längerem von zwei Gruppierungen bekriegt, ein stiller, unsichtbarer Kampf, der sich nicht von Television einfangen läßt. Mehrfach stand ich vor dürren Schlagbäumen, die Grenzen in den großen Sand setzten. Demnach ist ungewiß, zu welchem Machtblock der Boden gehört, aus dem meine Errungenschaft stammt. Diese Unsicherheit erschwert die ästhetischen Konsequenzen – weder will ich mit einer spekulativen noch mit einer archaischen Geste an die Öffentlichkeit.

Ich weiß nicht, ob ich eine besonders schlechte Adresse bin, aber die handgeschriebene Post hatte ich in einer Stunde längst gelesen. Der Rest, ein Stapel Gedrucktes, Rechnungen und Einladungen, gerät mir viel später in die Hände. Unvermutet erschließt sich gerade hieraus in einem einzigen Moment die neue Erkenntnislage. Wie ich im Nachhinein feststellen muß, sind die Werkstattleute in die führenden Galerien eingerückt. Sie haben ihre Ausstellungen in den besten Häusern – Sammlung Dr. Casdorff im Mai: Die Kanzlerhandtücher, Porträts von Markus, Galerie Springer im Mai: Eva-Maria, City-Dependance Casdorff im Juni: Raphael... Das ist das Bild, das erstaunliche Bild. Die Welt ist voller zweifelhafter Bilder, aber dieses Bild begreife ich sofort. Was ist ein Reisestipendium? Das ist die Gelegenheit, solche Vorgänge in aller Deutlichkeit zu begreifen. Offenkundig sind die anderen problemlos eingeschleust worden. Sie sind in den Betrieb integriert. Habe ich mich zu weit weg gewagt? Jedenfalls steht fest, daß die anderen sich nicht gegenseitig bei der Arbeit behindert haben. War das am Ende irgend jemandes Plan? Ich muß mich an Tatsachen halten. Trotzdem bleibt das unbestimmte Gefühl, daß mir darüber hinaus komplizierte Dinge zum Nachdenken vorgelegt sind.

Nur ein paar Tage bin ich wieder zurück – und schon ist mein Selbstvertrauen einigermaßen angekratzt. Die Bedingungen haben sich wesentlich zu meinem Nachteil verschoben. Daran kann auch meine Teilnahme am Sommerempfang des Dr. Casdorff nichts ändern. Er gibt mir einen flüchtigen Klaps und streckt unverzüglich die Hände anderen Leuten entgegen. Sein Programm ist ausgebucht bis ins nächste Jahr. Er drückte sich nicht einmal in der üblichen Mehrdeutigkeit aus. Markus ist in den USA, Raphael in Brüssel, erfahre ich von Eva-Maria. Aber ich werde hier nicht den Verschmähten spielen, sage ich zu Eva, nicht den Mann-unter-Preis. Sondern? Ich verweise auf jüngste Läuterungen. Und die wären? Verhaltensänderungen, sage ich, bewußte Zurückhaltung, Abstinenz von diversen Tumulten …, doch Eva will das nicht glauben. Vermutlich hat sie im ersten Moment an Felder gedacht, die noch enger an ihrem Interesse liegen. Ein weiteres Abdrängen der Affekte hat auch Schattenseiten. Das müßte ihr klar sein. Zumindest einen jener Bekannten, die mich fragen, wie war's denn in Afrika, würde ich gern spielerisch so lange würgen, bis die allgemeine Belustigung der Zuschauer in Nachdenklichkeit überginge.

Als mächtige Prager Schinken im Brotteig die Gäste zu heischender Versammlung locken, ist mein Vorsatz zur Enthaltsamkeit dahin. Zu unbedacht trinke ich den Wein und stürze mit dem dritten Glas in aller Manneslast in eine Schinkenessergruppe. Der Virus hat wieder zugebissen. Sie legen mich Schweißgebadeten wie einen gewöhnlichen Zwischenfall in eine Sitzecke. Eva-Maria, gern übertrieben zartfühlend, holt eine Schüssel und tupft mir Frischwasser auf Stirn und Nacken. Der Vorgang sieht aus wie ein bestellter Höhepunkt, besonders Casdorffs theatralischer Auftritt, als er Eva-Marias Hilfsdienste barsch beendet – mein Gott, was machen Sie denn hier mit dieser Schüssel. Er nimmt sie ihr ab und präsentiert sie den Umstehenden – sie weiß nicht, wie alt die ist, sagt er, wie wertvoll die ist. Jetzt erkenne ich das gezeichnete Chinamotiv auf der Grundierung der Keramik. Sechshundert Jahre altes Kulturgut, erklärt er, Ming-Dynastie, meine erste Erwerbung auf diesem aufregenden Gebiet. Die Zeichnung auf dem Erstling zeigt einen ländlichen Patriarchen, der seine an der Schüsselwand umlaufende Großfamilie empfängt. Fließtechnik, ein feines Stück, sage ich zu Eva, und noch gibt es viel Platz in Casdorffs Haushalt. Augenblicklich verknüpfe ich mit dem Vorfall den Gedanken, daß die Gleichheit der Bedingungen für uns Werkstatt-Leute womöglich wiederhergestellt werden könnte. Aber über die einzelnen

Abläufe in unserer Branche gibt es einfach keine letzte Gewißheit. Das ist die Wahrheit, auf die am Ende alles hinausläuft.

Anderntags gehe ich in den soeben in meiner Nachbarschaft für Künstlerbedarf eröffneten ART-Laden. Ich brauche ein zusätzliches Bindemittel für meine Farbmischung. Während der Händler das Hasenharz für mich auswiegt, entdecke ich in einem der Plastikbottiche dasselbe tiefe Blau, wie ich es bei mir zu Hause habe. Für Momente stehe ich in heftigem Kontakt vor der Farbe. Ich bin stark ergriffen von ihrer Leuchtkraft – das ist es, das ultimative Blau, das Blau vom Grunde der Sahara. Die kommt gerade neu auf den Markt, erklärt der Händler, zweimarkfünfzig für einhundert Gramm. Trotz des freundlichen Angebots fehlt mir jetzt die Entschiedenheit, um weiteres Interesse oder gar aufrichtige Zustimmung auszudrücken. Mit der Möglichkeit mußte ich natürlich von vornherein rechnen. Als ich mich von dem Produkt abwende, bemerke ich erstaunt einige mir vom Ansehen bekannte Mitbewohner meiner Straße ..., den Honda-Mann von nebenan, ... und die kleine Rothaarige, sieh an, also auch die vom Fach der Pinselquäler. Im Vorübergehen habe ich mir schon etliche Gedanken über sie gemacht. Aber diesen noch nicht. Die beiden lüften eines ihrer persönlichen Geheimnisse. Ohne Zweifel machen auch meine Nachbarn hier die Einkäufe für ihre Malerei.

Nach Verlassen des Ladens bin ich in bezug auf die Identität des Farbtons bereits wieder verunsichert. Mit absoluter Genauigkeit kann das heute niemand mehr feststellen. Die Farbe heißt übrigens »Mitori«, was auf eine fremdländische Herkunft schließen lassen könnte, doch der Händler nannte als Sitz des Herstellers einen kleinen Ort im Schwarzwald.

Ein gewisser Dreh

Als ich Paul in der Empfangshalle ausmache, bin ich voller freudiger, fast grenzenloser Zuversicht, was die Realisierung meines Vorhabens betrifft. Endlich kann es losgehen. Paul soll die Hauptrolle in unserem neuen Projekt übernehmen, ehrlich gesagt, de facto ist er identisch mit diesem Projekt. Ohne den Mann würde die Sache gar nicht laufen. Daher ist es selbstverständlich, daß ich ihn persönlich vom Flughafen abhole, obwohl jeder andere im Team auch weiß, wie er aussieht. Paul steht in der Halle wie eh und je – im alten Trenchcoat, den extrabreiten Cowboyhut auf dem Kopf, ein Dressman in Wechseljahren. Passanten bemühen sich, aus unserer Begrüßung irgendeine Information zu entnehmen, doch ich bin sicher, niemand erkennt den tatsächlichen kulturellen Stellenwert der Situation.

Wir haben sofort in einer citynahen Bar mit der Arbeit begonnen. Stars in Bars sind schwer zu kontrollieren, aber ich glaube, wir können es schaffen. Der Zapfer ist einer von uns, die wichtigsten Gäste haben wir selbst hingesetzt, die süße Tina auf einen Hocker direkt neben dem Tisch, an dem ich mit Paul rede. Tina müßte etwa sechzehn Jahre alt sein, oder – wer will das genau wissen – vierzehn Jahre, wir haben so Sachen gehört über Paul, ich hielt es jedenfalls für besser, wenn Tina dabei ist, ohne Instruktionen von uns, sie soll halt dort sitzen und tun, was sie will.

Ja, es geht hier um die Herstellung meines bereits siebten Films. Jeder Film ist ein Fall für sich, und ich habe die begründete Hoffnung, dieser wird es in einem ganz besonderen Maße. Einzigartigkeit, und nichts weniger, ist oberstes Ziel der Arbeit – über das Gelingen entscheidet später die Filmhistorie. In diesem Sinne glaube ich durchaus an meine Chance.
Es handelt sich im wesentlichen um eine wahre Geschichte, sage ich zu Paul, die Orte sind erfunden, nur leicht verändert wurden die Namen der auftretenden Personen.
Mit meinem Texashut, fragt Paul.
Ein warmer Beginn, erkläre ich ihm weiter, du bist allein auf dem Boulevard, das machen wir am Hauptbahnhof.
Mit meinem Texashut, fragt Paul.
Zeit für ein bißchen Theorie. Erinnerst du dich noch, wie du als Junge kleine Mädchen vom Fahrrad gerissen hast? Das weiß ich aus seiner Biographie. Halt die Klappe, ruft Paul in seiner Landessprache. Schließlich sind wir nicht allein. Angesichts des Publikums ist meine Lage keine einfache. Ich muß es prinzipieller anfassen. Also Paul, nehmen wir einmal die Kamera selbst, stell' dir eine vor, richtig, sie besteht hauptsächlich aus dem Objektiv und dem Gehäuse. Und das Objektiv steckt fest im Gehäuse, dafür ist das Gehäuse da, ob es will oder nicht. Dieser Vortrieb in Pauls Assoziationsvorrat scheint zu gelingen. Ich baue das Modell im Luftraum über dem Tisch mit einer Faust und einer halbgeöffneten Hand veranschaulichend nach. Paul steht auf und fragt Tina, ob er sie heute abend im Bristol-Hotel für ein paar schöne Stunden adoptieren

könne. Wir machen erste Fortschritte. Ich zeige ihm nochmals Objektiv und Gehäuse, sagen wir, John oder Robert und Sophia oder Brigitte oder –

Und was wäre dann der Film, fragt Paul.

Tina strahlt vom Hocker herüber wie eine Traumfabrik.

Das Kind ist er, sagt Paul, der Film ist das Kind.

Meint er das nun im Ernst oder nicht? Aber bei der Vulgäranalyse ist er doch gut mitgegangen, nachdenklich und kooperativ. Was das vor uns liegende Projekt angeht, könnte es keinen Geeigneteren als ihn geben. Bei dieser Überzeugung bleibt es auch dann, als er sagt, einen größeren Blödsinn habe ich noch nie gehört! Er wiederholt das sehr laut in derben Worten, denen er sein vieldeutiges amerikanisch-chinesisches Lächeln anfügt. Einen Moment lang fühle ich mich durchschaut. Aber nicht wirklich durchschaut, das geht gar nicht.

Anruf von Anwalt Arend. Ein Interessent will eine abzugsfähige Vorsteuerverlustzuweisung in doppelter Ausführung bei halbierter Realzahlung in einem Zug-um-Zug-Verfahren streng vertraulich schnellstens abgewickelt wissen. Geht in Ordnung, sage ich. Wem gehört der Film eigentlich zur Zeit? Antwort: Er gehört Paul, im großen und ganzen. Wird er nicht gedreht, gehört er wieder dir.

Anruf von der berühmten Versicherung aus London. Die Gentlemen spielen noch nicht richtig mit. Sie wollen erst einmal etwas sehen, sagen sie, danach würden sie weitersehen. Paul wollen sie natürlich sehen. Ich sage ihnen, Paul ist hier.

Anruf von Paul. Er sagt, die Lektüre der ersten Seiten des Drehbuchs bereitet Schmerzen. Ich frage, viel Schmerzen. Ich nenne ihm Zahlen, sechsstellige.
Anruf von Rebecca. Sie hat eine Kinder-Band gefunden – mit gerade frisch geschnittenen Wunden an den Armen. Wenn wir den Plan der nächsten Tage einhalten, kriegen wir Verschorfung, Eiter und so weiter, vielleicht sogar Sepsis original drauf. Wie heißen die? »Die Neffen von Bierich«. Ich sage, gut, sind engagiert.
Anruf vom Kollegen Böhm. Er hat gewettet, daß »Erbarmen mit den Frauen« von Genèt ist. Sein Gegner meint, es sei von Montherlant. Ich gebe ihm die Nummer von Klaus. Der weiß das.
Anruf von Mutter. Sie will in meinem neuen Film auf keinen Fall Aufnahmen von Nebelwänden oder treibenden Gewässern sehen. Sie sagt, nach Ausstrahlung deines letzten Streifens haben die Nachbarn zwei volle Jahre nicht mit mir gesprochen. Ich sage, richtig, danach waren meine Rechte abgelaufen. Ich verspreche ihr, diesmal wird alles vollkommen anders zugehen.
Anruf von Werner aus Nouakchott. Filmemachen besteht nicht nur aus Telefonieren, sagt er, jeder soll sich gefälligst was trauen. Er hat gerade vierhundert Kamele aufgetrieben. Wozu? Für »Tanger – eine deutsche Stadt«, Knacken in der Leitung, con Piccoli e Cardinale.
Anruf von Paul. Tina hat ihm das Ende des Drehbuchs vorgelesen. Aber wer stirbt, ruft er in mein Ohr, wer stirbt, er oder ich? Ich sage, das weiß ich noch nicht. Er brüllt wie ein Verrückter, bis ich auflege. Wer stirbt, verdammt, du oder ich?

Wir kommen prima voran. Seit einigen Tagen drehen wir. Daß gedreht wird, ist eine Bedingung der verschiedenen Geldgeber. Die berühmte Versicherung bezahlt die Entschädigungssumme von einer Million Pfund für den Fall des Abbruchs der Dreharbeiten auch nur dann, wenn sie sich vorher fest davon überzeugt hat, daß das Drehen einmal begonnen wurde. Wir befinden uns also in einem deutlich abgesteckten Rahmen. Ich bin damit nicht unglücklich, im Gegenteil. Das Material bis jetzt ist eine Mischung aus »gefundenen« Bildern einerseits und »gestellten« Bildern andererseits. Das geschieht unter Berücksichtigung der derzeitigen filmpolitischen Situation. Eine kaum wahrnehmbare Tendenz des Scheiterns wird ins Material einkopiert, die Technik macht es möglich. Laut Vorlage sollen wir den vertikalen Long-Shot durch einen alten Schornstein machen, auch den feierlichen Sonntags-Schuß aus der »eingebackenen« Kamera. In jedem Bild, gleichgültig ob halbdokumentarisch ausgewählt oder den Vorlagen nachgespielt, schimmert mein Paßbild durch wie das Wasserzeichen auf einer Briefmarke – aus rein persönlichen Gründen.

Bei dem Film geht es um einen interessant gebauten Versicherungsschwindel. (Ein Meisterschüler aus Düsseldorf, HdK, gab mir dazu die Idee ... Glasmalereien oder einfaches Glas als Basismaterial ... Einladungen zu auswärtigen Ausstellungen annehmen ... eine hohe Kunsttransportversicherung abschließen ... die Sendung am Bestimmungsort selbst unvorsichtig in Empfang nehmen ... den Marktwert des Bildes kassieren. Insurance-Art, sagte er.)

Ich habe Rebecca für das Team zum Händeauflegen angeheuert. Die Hände nur für einen Moment bei ihr auflegen, die Gelegenheit nutzen die Männer gern.
Gestern hast du mich gar nicht beachtet, sagt einer.
Ach gestern, flüstert sie zurück.
Ißt du gern italienisch, fragt er im Augenblick des Auflegens.
Ich weiß nicht, sie bleibt gefaßt stehen.
Ich meine, richtig italienisch, Carpoccia und Engelshaar, keine Dichterpizza oder so etwas.
Carpaccio und was, fragt sie.
Doch er läuft schon davon zu seinen Tonkabeln oder Pferden, oder was immer sein verdammter Job ist. Das sind die kleinen Dinge, ohne die es nun einmal nicht geht. Wichtig ist der normale Eindruck. Es muß heißen, »Der Sowieso dreht wieder«, oder »Die drehen jetzt dort und dort«. Das ist unheimlich wichtig für den Film.

Wie beschneiden sich eigentlich die »Neffen«?
Tun sie es für »sich« oder »miteinander«? Für »jetzt« oder »später«?
Werden sie eventuell noch »größer«? »Größer« als ich?
Sie sind sehr diszipliniert.

Wir sind im Kälteparadies Wolfsburg angekommen, unserem vorläufigen Ziel. Wir haben hier einiges vor, was in Verbindung zu dem Film steht. Zwei Inspektoren der berühmten Versicherung sind mit Lufthansa

Nr. 415 definitiv angesagt. Anwalt Arend meint, wir brauchen mehr eruptive Szenen, Signale des tiefsten Aufbegehrens in postindustriellen Grauzonen, etc. Ein Wunsch der überregionalen Wochenendbeilagen. Nicht zum erstenmal frage ich mich, spielt der Anwalt hier eigentlich mit oder gehört er zu den nachwuchernden Schwämmen der Konkurrenz? Ich antworte ihm, das Aufbegehren gegen Zurichtung und Ausbeutung und all das mit den Mitteln der Ausbeutung und Zurichtung und all dem glaubwürdig darzustellen, verlangt äußerst subtiles Vorgehen. Mit solchen Kategorien ist der Mann nicht abzuwimmeln. Ich verweise auf die morgige Sequenz »Pariser Parklücken« draußen an den gradlinigen Kaianlagen des Mittellandkanals. Dieselben Kaianlagen, von denen aus '39 die Käferhorden zu ihrer Siegesfahrt aufbrachen? Genau die, sage ich und fühle mich von der Zuversicht des Ortes und der aufsteigenden Wärme eines weiteren persönlichen Triumphs gleichermaßen gestärkt.

Die »Neffen von Bierich«, die Kaianlagen von Wolfsburg und Paul aus Key West, Florida! Das ist ein Paket, dem sich die Gentlemen aus London nicht entziehen werden können. Wir haben den Fahrer nach Braunschweig geschickt, um schottischen Schinken und ein paar Flaschen Jack Daniels zu besorgen. Ich werde immer sicherer, was das Gelingen angeht. Paul wird die »Neffen« ins große Geschäft bringen, eine hohe Lebensversicherung auf den Sänger abschließen, ihn umbringen lassen und groß abkassieren, soweit das Grundklischee der Geschichte. Von der Barbarei der Feudale zum Schwindel des bürgerlichen Vertragdenkens und wieder zurück, diesen Vorgang gerafft als Idee. Das erfordert viele Einstellungen der Nachdenklichkeit. Ich sehe das durchaus als Beitrag zur Täter-gleich-Opfer-Theorie. Paul muß demzufolge das Nachdenken über die einzelnen Schritte seines Drehs vor uns spielen. Hier liegt immer wieder die Schwierigkeit. Die Darstellung von Denken, sagt er, bringt international nichts. Und, ruft er den Begleitjournalisten zu, ich bin Anhänger der Stanislawski-Methode, die dem Schauspieler einbleut, nicht denken, nicht denken, fünf Minuten vor dem Einsatz nicht denken. Ein Kraftakt, vom Nicht-Denken in die umgehende Darstellung des reinen Denkens umzuschalten, ein nicht abzuverlangender Kraftakt. Du mußt nur durchhalten, Paul, sage ich, nur weiter durchhalten. Der Drehplan sieht sechs Wochen vor, wie üblich, ich denke in dieser Beziehung allerdings anders.

Die Wolfsburger Kripo ist auf Zack. Nach zwei Tagen erreicht mich eine Vorladung vom Betrugsdezernat.
Wir verfügen über Hinweise, sagt Kommissar Wehmeyer, die eine Verbindung zwischen unrichtig ausgefüllten Vorsteuerverlustzuweisungen aus dem Kölner Raum und ihrem Projekt herstellen.
Wir machen Filme, erkläre ich, und keine doppelte Buchführung.
Gibt es da nicht irgendwo einen Schnittpunkt, fragt der Kommissar.
Wir beginnen gerade, sage ich, Schnitt wird erst am Ende gemacht.
Sehen Sie, sagt sein Assistent, und in dem Punkt sind

wir völlig anderer Auffassung. Allein ihre Schnitt-Theorie beweist, wie sehr Sie an den Positionen – um nicht zu sagen Tricks – des konventionellen Erzählkinos festhalten. Wir dagegen sind entschiedene Gegner der Steigerungsdramaturgie und ergo sind wir keine Freunde des disjunkten Schnittes oder des Rückschnittes, des millionenfach wiederholten Rückschnittes. Wir glauben, diese Mittel sind wenig tauglich für die Rekonstruktion von Wirklichkeit, einer immer komplizierteren Wirklichkeit, wie Sie wissen. Mit einem Wort, wir möchten mehr Aufklärung!

Zunächst biete ich mein artistisches Zucken an, rechte Gesichtshälfte, in der Diagonale, Drei-Sekunden-Rhythmus.

Nehmen wir als Beispiel, sagt der Assistent, das Oberhausener Manifest. Von revolutionären Akten war die Rede, vom ästhetischen Erbe, von Veränderung der Sehweisen etc. – und jetzt liegen hier die Kopien von Verlustzuweisungen. Da bin ich persönlich sehr enttäuscht. Glauben Sie wirklich, dieser Sieg des Lebens über die Kunst ist noch im Sinn der historischen Avantgarde?

Ich kenne, sage ich, nur individuelle Lösungen.

Sie meinen Ihre Lösung mit unser aller Freund Paul, sagt der Assistent. Gut, wir müssen davon ausgehen, daß jeglicher Bildinhalt unverzüglich vom Betrachter hierarchisiert wird, das heißt, die Suche nach der Hauptfigur beginnt im Moment des Bildangebots. Ist sie, also der Held, gefunden, wird über diese Figur der Kontext des Erzählten begriffen. Von nun an verdeckt der Hauptdarsteller das eigentliche Bild – beziehungsweise er deklassiert alles andere als Hintergrund. Wir

aber, und das ist das Problem, wir wollen den Hintergrund, und wir wollen nur den.
Ein Karton Heidsieck, sage ich, unten im Auto.
Hören Sie, sagt der Kommissar, mir persönlich ist Ihre Arbeit gleichgültig, aber meine Frau wollte immer schon einen Blick in die Filmerei werfen. Ich gebe Ihnen einmal meine Privatnummer.

Laut Telegramm verspäten sich die Inspektoren um einen Tag. Diese Verschiebung ist insofern ärgerlich, weil uns auf den Punkt genau gelungen ist, aus dem Filmischen jede Komplikation herauszuarbeiten und ins Juristische jede Komplikation hineinzuarbeiten. Wenn du es nicht machst, machen es andere, Rebeccas Worte vertiefen die Probleme. Steckt sie bereits mit Paul unter der Decke? Sie ist erfüllt von den Begriffen »Chance« und »Design«, Film fügt sich ein in die Konstruktion des Alltagsnebels zwischen Haushalt und dem Rest der Welt. Optisch nackte Augenblicke sind ihr zuwider. Das ist zwar vorteilhaft für die Branche, doch sind wir gezwungen, mit ihr, für sie und gleichzeitig gegen sie zu drehen. Anders ausgedrückt: Rebecca ist sichtlich blockiert hinsichtlich des unsichtbaren Films, also jenem, an dem sie mitarbeitet.

Seit Tagen sitzt ein fremder Mann am Set. Er sitzt irgendwo am Rande des Drehorts, er beobachtet die Szene nicht ständig, er schaut aber auch nicht arrogant über sie hinweg. Wer ist das? Niemand scheint es zu wissen. Niemand deutet an, daß er es wissen will. Die Leute gehen blicklos an dem Unbekannten vorbei. Er verharrt mit einem Ausdruck freundlicher Zurückhaltung. Ich beginne, ihm auf kleine Zettel geschriebene Dialogauszüge zu reichen.

»Ja, ich bin derselben Meinung. Es gibt vollkommen andere Wege der Daseinsbewältigung.«
»Sie erledigen Ihren Auftrag wie verabredet. Es darf nicht die geringste Komplikation geben. Ich verlasse mich auf Sie.«
»Manche der Künste sind unbedingt empfehlenswert, manche sind es weniger.«
»Kohle und Knete sind unsere beiden Hauptprinzipien, merken Sie sich das. Aber wir haben noch ganz andere Mittel, wenn das nicht klappen sollte.«

Der Mann ist bei den Proben derartig gut, daß er jedesmal nicht wiederzuerkennen ist. Das Team nimmt das spontane Regiebeispiel insgesamt beifällig auf. Ich glaube, die meisten spüren einfach, daß ich schon eine Beziehung zum Unbekannten habe.

Mittags lagert das Team auf alten Bahnschwellen und löffelt Riesenportionen Kohlehydrate, die möglichst viel Blut aus dem Kopf in die Körpermitte ziehen sollen. Als ich gerade denke, wir sind durchaus auch in Hinsicht auf die Versicherungsinspektoren ordentlich eingearbeitet, platzt vom Kanal her das Geräusch eines Aufpralls. Tina! Wir laufen die wenigen Meter hinüber und gucken ins schmutzig-kalte Wasser. Offenbar ist Tina an dieser Stelle hineingesprungen. Will sie damit irgend etwas Handfestes anfangen oder will sie im

Ernst Schluß machen? Es hat den Anschein, als könnte sie nicht schwimmen. Vielleicht möchte sie auch gar nicht schwimmen. Das Auge arbeitet umfassend und wenig selektiv, erst das Gehirn gibt dem Geschehen in einem komplizierten Prozeß seine Bedeutung. Dieser Prozeß verläuft höchst individuell, unterschiedliche Auffassungen ein und desselben Geschehens sind die Folge. Pannen sind möglich. Was sollen wir tun? Die Leute schauen auf mich und Anwalt Arend, der den Stuntman heranwinkt. Die Verhandlungen stehen unter Zeitdruck, springt er, springt er nicht. Der Stunt springt, kriegt Tina zu fassen und legt an Land die Benommene uns zu Füßen. Rebecca regelt das Weitere, die Pause ist vorbei, wir gehen in unsere Positionen für die bislang ungeglückte Parklücken-Sequenz zurück. Hat sie nicht schlecht gemacht, die Tina, denke ich. Einerseits müßte ich das mit hineinnehmen, andererseits kann ich so etwas überhaupt nicht gebrauchen.

Wir fahren nach Vorsfelde. Der Ort ist ein Prototyp seiner Größe, drei Kirchen, vier Banken, kein Kino. Wir haben drei »ältere Hausfrauen«, sechs »Mittelklassen-Schulkinder« und »zwei Soldaten« für die Mitarbeit an unserem Projekt gewonnen. Paul nagt an einem Kernsatz, den ich mir 1963 in einer Nachtvorstellung notiert habe. It's probably much nicer inside, it's probably much nicer inside, etc. Das Aussagespektrum des Satzes ist beträchtlich, die Szene eher bedeutungsarm. Die Leute werden vor den Kameras aufgestellt und über ein Stückchen Bürgersteig komplimentiert. Anfangs äugen sie irritiert ins umherstehende Kontrollpersonal, dennoch ist die wunderbare Deckungsgleichheit vom Filmstatisten und anderen Lebenden erreicht. Bäume, Häuser, Autos, Menschen, dies alles hat eine täuschende Ähnlichkeit mit der Realität. Nur der Star, Verlockung und Bedrohung zugleich, stört die Absicht, Wirklichkeit durch die Wirklichkeit selbst zu zeigen. Seine verwirrend häufige Anwesenheit ist der kritische Punkt der Arbeit, weil auch die Hauptdarsteller stets aussehen wie in ihrem wirklichen Leben, woran der Verlauf eines Films selten etwas ändert. Das wirft die Identitätsfrage und die Raum-Zeit-Problematik erneut auf, allein das Bemühen gilt, Realität und Film sichtbar voneinander zu trennen. Ich bin immer noch zuversichtlich, daß mir das in diesem Fall deutlich gelingt.

Aber Sorgen um Paul. Tagsüber am Kai brüllt er wenig bekannte Idiome seiner Landessprache oder entzieht sich sonstwie der Arbeit. Seine Abende, bestimmt von Anästhesie und Ohrfeigerei, die Appretur dereinst geworfener Seelenfalten, ich weiß. Die Zimmer nebenan werden nicht mehr vermietet. Wir müßten zusammen etwas unternehmen, etwas Intimes zur Entspannung, sonst macht er mir schlapp. Wie sieht's mit der Reiseapotheke aus, frage ich. Blödsinniges Zeugs, sagt Anwalt Arend, das ist vorbei. Ihr solltet irgendwo bummeln gehen und ein paar Kleinigkeiten hochziehen, am besten in das große Kaufhaus in der Porschestraße. In die Videoabteilung hineinsehen, das eine oder andere Gerät mitgehen lassen, sagt Anwalt Arend, das wäre das Richtige, um Euch für einen Moment näherkommen zu lassen.

Wer konnte wissen, daß die Herren aus London Vegetarier und Nichttrinker sind? Nichts haben die angerührt, zwei Tage lang. Nicht den Daniels, nicht Rebecca, nicht einmal mich. Paul kennen sie seit ihrer Kindheit. Wir bemühen uns um allerhöchste Authentizität der Vorgänge, die Drehvorlagen und das Team sind so vollständig und nüchtern wie möglich. Rechtzeitig haben wir die »Neffen« von der Dialyse aus dem Kreiskrankenhaus abgeholt, blutjung agieren sie vor schummrig gehängten Spinnennetzen. Aus dem Abseits erleben die Gentlemen den wundervoll planlosen Rausch, als der unsere Arbeit erscheinen muß.

Es ist an alles gedacht.
Aber welchen Eindruck haben die Versicherer?
Entsteht hier in ihren Augen ein Film oder entsteht keiner?
Werden sie das versichern, was sie sehen, dagegen, daß es am Ende nicht zu sehen sein wird?

Aus dem Rathaus erreicht uns Nachricht über Paul. Er hat dort Dutzende von Nylonstrümpfen an Einheimische verteilt. Natürlich wieder in einer rein privaten Aktion. Ich bin jedoch mehr und mehr bereit, solche zwiespältigen Dinge zu tolerieren. Ruhm ist ein ständiger Quell der Unruhe, sagt er, jedes Mittel der Linderung ist recht. Verschenkte Nylons helfen durchaus, die Zweifel an Unsterblichkeit im Raum Niedersachsen zu verringern. Wie soll er mit den Vorurteilen fertig werden? Indem ich sie einfach bestätige, sagt er, das ist anstrengend genug. Bevor er sich erschöpft zurückzieht, macht er eine Bemerkung, die ich aus verschiedenen Überlegungen heraus lieber gestrichen hätte. Im Grunde, sagt er, ist jeder Film ein Prozeß des Niedergangs, aber spüren tun wir das erst viel später.

Der Vertrag mit der Versicherung liegt unterschrieben und codeverschlossen in meinem Lederkoffer, der alles mitmacht. Wir sind ab sofort versichert gegen höhere Gewalt und gegen das meiste, was darunter liegt. Ein hartes Stück Arbeit, aber ich habe eben etwas übrig für höhere Gewalt. Dazu zähle ich auch ein Angebot von der Insel Sylt, das sich mit spiritueller Transformation auf dem Gebiet der partialen oder totalen Ergrauung des Kopfhaares befaßt. Die bebilderten Erfolgsbilanzen des Instituts sind nach den Strapazen der letzten Tage ein erster Lichtblick.

Wie geht der Film nun weiter? Laut Disposition machen wir heute den Master-Shot. Der muß mit absoluter Konzentration ausgeführt werden, da es keine Korrekturmöglichkeit gibt. Ich sage allen, wir nehmen das kalt ohne Probe, jeder kennt seine Position, also bitte. Es herrscht erneut jene druckvolle Turbulenz, die notwendig ist, um ein Minimum an Illusion herzustellen. Die Szene bringt den Höhepunkt heraus, indem sie alle Beteiligten in der äußeren Form eines futuristischen Hafenkonzerts zusammenführt. Im Rahmen der Handlung hat Paul für den Sänger der »Neffen« einen Killer angeheuert, im Rahmen des Plans habe ich für Paul einen Killer angeheuert, beide sind mit der gleichen 7,65 mm Walther-Pistole gerüstet, dies ist der Augenblick ihres Einsatzes. Das

gesamte Team ist während der Aufnahme beschäftigt und dennoch das erste Publikum. Eine wichtige Überlegung im Vorfeld der gesamten Planung. Die Leute sehen aus Gewohnheit neugierig auf das, was sich in mittlerer Entfernung vor ihnen als nächstes abspielt. Das ist der Reflex, der der narrativen Grammatik folgt, nichts weiter. Demnach sind alle Augen auf Paul und seinen Killer gerichtet, die gerade den Handlungsort betreten. Niemand sieht den Unbekannten im Staubmantel, der in einer der Kabelrollen unserer Dekoration versteckt ist.
Diese Szene ist ein einfaches Beispiel höchster zeitlicher und räumlicher Präzision. Im von mir zweifach verabredeten Moment fällt ein Schuß, das heißt, zwei Schüsse fallen auf die Sekunde gleichzeitig, zwei Schüsse, die völlig realistisch wie nur ein einziger klingen. Der Sänger der »Neffen« sinkt in sich zusammen und geht zu Boden, Paul sinkt in sich zusammen und geht zu Boden, wenige Meter entfernt. Der Sänger erhebt sich kurz darauf und klopft den Staub vom Gummidress. Paul steht nicht mehr auf.

Einige Monate später.

Mit beiden Händen fährt Candy behutsam durch mein Kopfhaar. Drei winzige graue Härchen, mehr kann sie nicht finden. Warum sollte ich sie korrigieren. Ihr Vater gilt, wie sie mir erzählt hat, als bekanntester Pferdedieb der südlichen Mongolei, ihre Mutter tanzt auf

Bali. Von Wolfsburg und seinen unaufklärbaren Unglücksfällen haben alle drei nie gehört. Candy besitzt den sicheren Instinkt eines Altbankiers, was das Aufspüren größerer, halblegaler Geldmengen in Verbindung mit einer momentanen Unschlüssigkeit ihres Halters betrifft. Sie ist selbstverständlich in der Lage, sich in jeder Beziehung ihren Erkenntnissen entsprechend zu verhalten.

Als wir uns die tägliche Portion portugiesische Vokabeln zuzischeln, habe ich eine bestimmte, aber nicht überraschende Ahnung. Die einzig wirkliche Gefahr für uns Freiberufler ist, das spüre ich ganz deutlich, nur die Liebe.

Vom Handwerk des Mikrochips

Mein Leben verläuft genau nach Plan. Das heißt, es sind die Pläne anderer, die wie endliche Linien in mir zusammentreffen. Jetzt ist es exakt fünfzehn Uhr dreißig, Freitagnachmittag. Der Plan des Verteidigungsministers geht in diesen Minuten über in den Plan von Ulla. Ihre zwei Fotoporträts schmücken mein Büro, ja, machen den Raum zu einem Idyll der westlichen Allianz. Seit Jahren existiert mit den beiden ein Austausch von bindenden Unterschriften. Auf dem Schreibtisch liegt das Paket mit einer schwarzgrün gescheckten Feldhose, die ich aus alten Beständen der Kleiderkammer habe heraufkommen lassen. Nichts Ungewöhnliches für einen Enddreißiger, meine ich. Wieder dieses Magendrücken, das wird bis weit nach Dienstschluß dauern. Ich bin Spätesser, zu der Zeit sind wir wenige einzelne an den Tischen, ein ganz bestimmter Typ des Hauses, jeder von uns. Casinolappen, so nennen die Aufräumkräfte diesen Typ. Es wird nichts dagegen unternommen. Ich unternehme gegen solche Verstöße seit langem nichts mehr. Ein Grund dafür ist auch jener Anflug Sympathie, die ich einem dieser Burschen entgegenbringe. Er muß mir des öfteren mit Zigaretten aushelfen, er raucht wie ich die filterlosen Amerikaner, keine Automatenware. Obwohl niemand bisher meine Geste mit Argwohn bedachte, sollte ich sie vielleicht besser unterlassen. Näher betrachtet, treffen nur zwei Pläne wie endliche Linien bei mir zusammen, der des Ministers und der Ullas, die anderen gehen in ihnen auf. Ich rufe den Sicherheitsposten an, notieren Sie, daß mein Wagen über das Wochenende im Stellplatz bleibt.

Bis zu einem hohen Grad habe ich mich diesen Plänen angepaßt. Was sonst? Welche weiteren Möglichkeiten sollte es geben? Ich überwache Woche für Woche einen sechzig Kilometer tiefen und vierhundert Kilometer langen Luftraum, eine strukturelle Nichtangriffs-Tätigkeit, die als späte Folge eines plötzlichen Kotzanfalls anzusehen ist. Daß ein Hubschrauber dermaßen zappeln kann dort oben. Wahre Bocksprünge, einmal kräftig durchgeschüttelt, und das wars. Heute erwarte ich ohne Fernglas fremde Flugobjekte, Gegner mit gesundem Magen. Wenn jemand nur einen Daumen in meine Videoparzelle strecken sollte, wird die Meldung ausgeworfen am Montagmorgen in meinem Fach liegen. Es war eher ein Gewürge, ein heimliches Schlucken, aber genau das genügte denen. Oben in der Kanzel haben die Jungs sich nichts anmerken lassen. Später brachte mir einer das Höhen-Testergebnis bei, äußerst schonend umschrieb er meine Untauglichkeit. Wir brauchen gute Leute für den Boden, für den wachsenden Kontrollbedarf, und so weiter. Ich gehe ohne Mütze, den leichten Staubmantel zivil offen, einfach als Mann. Wird nichts am Montag im Fach liegen, keiner befliegt den Korridor, hin und wieder verirrt sich eine Zuhälter-Cessna. Das ist alles.
Sehe ich auf die permanent geschalteten Bildschirme, sehe ich die auf grünem Grund durchlaufenden Streifen und Punkte, dann weiß ich, es gibt keinen Zwischenfall. Das ist eine der Situationen, in der ausreichende Information vorliegt. Die immergleichen

Streifen und Punkte, die Partitur der Sicherheit. Diese Linien und Zeichen gleichen anderen ... gleichen jenen aus früher Jugendzeit. Täglich kehrten sie wieder ... machten stark ... machten standhaft. Es war kindliche Arbeit hin zur Befreiung. Draußen die Sonne, das Rufen. In der Stube die Zeichen auf dem Blatt in sinnvolles, ihnen nicht ähnelndes Schwingen zu bringen, mit Hilfe des Instruments. Ermutigt von der strengen Geste des Alten, gestärkt von unabweisbarer Forderung. Wo strich mein Ich in diesem Krächzen? Sehr früh, ein einziges Mal, hörte ich die Stimme einer riesigen Zigeunerin zu zwei Sägen. Doch was war eigene, stille Absicht, die mich antrieb? War es der Wille zu fliegen in schicklicher Formation?
Disziplinlos ist der Haufen, weiß ich heute. Die Gegenmittel halte ich nur für bedingt tauglich. Es laufen Gerüchte um über gelegentliche Fenster-Checks. Angeblich machen sie das, wenn auf dem Platz vor unserem Gebäude Empfänge oder Zapfenstreiche mit großem Trara stattfinden. Den Andeutungen zufolge beobachten sie, welche Bürotruppe ihre Fenster zum Zuhören geöffnet und welche die Fenster für den Zeitraum geschlossen hält. Ich bin natürlich bemüht, dieses mysteriöse Gewebe aus Halbwahrheiten und vorgeblichen Erwartungen weitgehend zu ignorieren. Zwar wiederholen sich solche Dinge, dennoch fordern sie stets die Wachsamkeit und bringen Augenblicke der Entscheidungsqualen.

So geht es in einem Kopf. Bestimmte Probleme scheinen dort lang, lang aufgehoben. Zuwenig sichere Information insgesamt. Vergleiche und Ahnungen, Skalen der Intensitäten, noch Heruminterpretieren. Es bleiben Fragen, die aus der überwachenden Praxis allein nicht beantwortet werden können. Wie wandeln nahe dem Zentrum bei geringem Passantenaufkommen und entsprechend hoher Blickfrequenz? Laut Plan Ulla sollte ich mit Ulla im Audi zum Großmarkt unterwegs sein, wie jeden Freitag um diese Zeit. Als Fußgänger kenne ich diese Straße nicht. Der Wall, nein der Neue Wall. Ulla ist nach Sardinien abgereist. Vorher hat sie wieder einmal italienisch-deutsch, deutsch-italienisch von Kassetten gehört. Ich sage ihr, Sprachen werden am besten im Bett gelernt. Ulla kann nach solchen Anspielungen großartig entrüstet sein. Sie kaufte noch mehr Kassetten. Die ersten Worte kommen aus Rückenlage, die Arme erhoben, gestikulierend. Wen will sie eigentlich sprechen und verstehen? Vielleicht hocken Genies bereits auf dem Laken. Ja, Sardinien, mit unseren gut gebauten Basen, mit der Kargheit seiner Landschaft und seiner Mahlzeiten.

Naturereignisse auf dem Trottoir wie das Verdampfen von gerade gefallenem Regen bei sogleich wieder erstrahlender, warmer Sonne. Ich werde zu Hause sofort die Kleider wechseln. Nicht einmal die Strümpfe werde ich heute vergessen. Andere gucken Frauen an. Sie suchen eine, bleiben eine Weile mit den Augen an ihr hängen, bis sie dann doch abkommen und die nächste finden. Draußen ist alles auffallend ungleichmäßig zusammengestellt. Andere sind hinter dem aufregenden Knallen der Bleche her. Sie wollen das Geräusch auf der Stelle ergründen. Unverzüglich gibt es Diskussionen trotz des allgemein offenkundigen Mangels an Information. Die neuesten Rundschreiben, die mich täglich erreichen, ermutigen mich keinesfalls. Ich erkenne die zartrosa Rostspuren oben links auf den Papieren. Disziplin nährt sich beträchtlich aus dem menschlichen Hemmungspotential, Ulla weiß davon. Sie hatte meiner Berufswahl ohne Zögern zugestimmt und sich nicht von dem Mundvoll Halbverdauten irritieren lassen, das dort oben meine Zukunftspläne abrupt veränderte. Die kommende Zeit ausschließlich auf Erden. Jemand mit einem Baby auf dem Arm tritt vor die Schaufenster eines Antennenfachgeschäfts. Ulla und ich wußten, es wird weitergehen auf dem Dienstweg. Mit deutlichen Fingerzeigen und Kopfbewegungen erklärt der Mann dem Säugling die adrett ausgestellten, silbrigen Gebilde. Von Lehrgang zu Lehrgang erhöhte sich der Grad der Spezialisierung. Nur Eingeweihte kennen meine Makel. Sie sitzen in der Hauptstadt. Vor Jahren habe ich sogar einmal gespielt für sie. Im besten Glauben wirkte ich mit bei diesem Streicherwettbewerb von Teilnehmern aus allen Gattungen. Man lobte meinen sanft-beherrschten Strich, die PR-Fotos wurden überall gedruckt, der Virtuose in Uniform, das zierliche Instrument an der einen, den Bogen an der anderen Hosennaht. Wichtig ist, seine verführerischen Feinde zu kennen. Seit heute mittag weiß ich definitiv, daß im kommenden Jahr meine Beförderung wieder nicht vorgesehen ist.

Es ist erstaunlich, daß, sobald wir über Musik nachdenken, wir anfangen, über einen Menschen nachzudenken. Das geschieht nicht auf die übliche, intelligente Art. Es ist eine Zwiesprache, wie gehalten mit jemandem, der sich in der Vorgeschichte von einem gelöst und einen anderen Weg genommen hat. Ich habe es immer abgelehnt, Willimek wieder zu treffen. Wenn Ulla sagt, in der Zeitung steht, Willimek hat etwas Neues gemacht, winke ich ab. Natürlich verletze ich dann die Spielregeln, denn eine unserer Beschäftigungen ist, Spuren aus der Vergangenheit im Heute aufzufinden, wofür wir alle zugänglichen Quellen benutzen. Kurios, in welcher Rolle dieser oder jener Bekannte aus früheren Zeiten in unsere, wenngleich wegen der Optik der Medien distanziert zu betrachtende Gegenwart zurückkehrt. Willimek hat in der Boulevardpresse regelmäßige Einsätze als sogenannter Disko-König. Sein Gesicht bleibt mir grob schwarzweiß gerastert erhalten, obwohl ich mich seit Jahren und kontinuierlich von ihm entfernt habe. Seine letzten Sätze blieben mir wie aufbewahrt. Wir sehen uns wieder, irgendwann, hatte er abschließend gesagt, spätestens zu deiner Beerdigung. Ich fand diese Zusicherung nicht völlig unerfreulich. Im Laufe der Zeit genügend Gäste für den Tag des Heimgangs zusammenzubekommen, ist sicher eine unserer Absichten im Leben. Wie häufig aber war ein Mißverständnis Ausgangspunkt für seine doch recht entfernte Zeitpunkte verknüpfende Bemerkung. Aus einer Laune

heraus hatte ein Mädchen zwei voneinander entlegene Schulen in Verbindung gebracht. Willimek war Rocktrommler von regionaler Bedeutung, doch Gina, sein Mädchen, fühlte sich für einen Moment zu meinen überregionalen Träumen hingezogen. Die Wände ihres Zimmers waren bedeckt mit Fotos der Schauspielerin Kaufmann. Ich sagte, ja wirklich, du siehst der Kaufmann unglaublich ähnlich, euer Mund, die Haarfrisur. Gina und Willimek wurden ein Paar. Ich begann eine Pflichttour durch die republikweit verstreuten Horste, doch der bittere Brei von Resten eines halben Leberwurstbrötchens, eines halben Honigbrötchens und scharfem Kaffee schmeckte nach baldiger Rückkehr. Den leisen Zorn, die Aggressivität manchesmal, mit der Gina mir fortan begegnete, deutete er ebenso hartnäckig falsch. Und dennoch, wenn ich den Berichten glauben kann, entwickelte er sich meisterlich in der Kunst der Zusammenführung der Geschlechter. Als sogenannter König seiner Branche mußte er einfach jenen Rhythmuswechsel beherrschen, das richtige Gespür besitzen, seine Häuser das eine Mal mit mehr Illusionärem, das andere Mal mit mehr Wirklichem zu dekorieren. Mühelos hatte er an den Knöpfen gedreht, bis der Laden ein Renner war.
Schlage die Trommel und fürchte dich nicht, würde Willimek jedem antworten, das Weitere ist Handwerk des Mikrochips. Nein, kein Neid. Meine Dienststelle drückt sich in vergleichbarer Weise aus. Denn ungeachtet meiner, ich nenne sie verkürzend persönlichen Probleme, halten wir weit mehr als nur die Hülle eines alten Handwerks aufrecht. Wir sehen im Zusammenspiel seiner Ordnungen, seiner Beständigkeit und sei-

nem Rüstzeug durchaus einen Vorschein von Virtuosität, wenn nicht gar verborgener Perfektion. Am Vorabend ihrer Hochzeit war Gina dreihundert Kilometer über die Autobahn in meinen Lehrgangsort gerast, um Pläne für einen anderen Verlauf ihrer unmittelbaren Zukunft zu machen. Solche Pläne sind häufig ohne wirkliche Ernsthaftigkeit. Das Unvermeidliche ist dann einfach nicht mehr abzuwenden. Willimek hat später auf dem Prominentenhügel vor der Stadt nebeneinander zwei exakt gleiche Fertighäuser gesetzt, durch einen Glasgang miteinander verbunden. Ich war niemals in der einen oder anderen Hälfte, betrachte beide dennoch als ein Zeichen von Tüchtigkeit.

drittens

Wie überraschend, daß ich überall durchkomme. Die Türposten erhalten mein kontrollbewährtes Lächeln, und ich erfülle zum vierten Mal die Voraussetzungen des guten Gastes in verschiedenen Häusern. Nach alter Soldatenregel trinke ich stets zwei oder einen doppelt. Also stehen, vorne im Helleren, danach sitzen, hinten im Dunkleren. Die Gäste sind ausnahmslos radikal beschäftigt. Sie eilen, sie drehen, sie sehen. Es gibt wenig Grün, Säulen, Schühchen und Bier. Ein Willimek-Betrieb, sehe ich, irgendwann mußte es einmal passieren. Begünstigt durch die bundeseigene Feldhose, die hier zur Kleiderordnung gehört, werde ich als fremder Besucher und nicht mit den geringsten

Verdachtsmomenten in meiner tatsächlichen Verantwortlichkeit wahrgenommen. Stehe eine Weile am Rande eines Hauptweges, der überwiegend von weiblichen Boten belaufen wird. Sekundenkurze Krämpfe in meinem Leibesinneren sind die Folge, während kleine Gedanken im Kopf flachliegen. Der Betrunkene hört immer weniger, dann erneut deutliche Klangfetzen, die er überbewertet. Ein junger Chor baut sich bunt vor ihm auf und singt das Lied vom wirklich Armen Mann: Mark raus, Mark raus, Mark raus. Vereinzelt huschen Sektkorken über Monitore. Er will hier nicht draufzahlen und spricht, eine Mark werdet ihr wohl haben, eine Mark hat doch jeder. Der Chor bläst es ihm zurück, das Geld ging weg, das Geld ging weg, und wenn ich eine Mark noch hätt', dann setzt' ich mich zur Ruh! Der Betrunkene registriert diverse Lächeln. Eine Minderheit, beschließt er, hat mich besungen, eine Mode mich gestreift, die in der Hauptstadt werden das nicht ahnen. Er schiebt ab durch schwärzliche Luft und sucht einen anderen Platz für sein gewandeltes Ich.

Wie viele Zustände und Erfahrungsmöglichkeiten mag es geben, die wir nicht einmal ahnen? Im Dunkleren herrscht Fülle. Allgemeine Beschäftigung ist die Auswertung des Beobachteten. Ich bin so frei und nehme an der Bar zwei – zwei Blutige Diamanten. Es rummst durch die Drähte. Was für seltsame Menschen Aufmerksamkeit auf sich ziehen! Ein Schuß zuviel Grapefruit hat die Diamanten verbittert. Die simple Wendung einer Person, eine Silhouette, ein gelangweiltes Hocken am Springbrunnen können genügen. Ich will die sex. Magie nicht überschätzen, sehe mich ein wenig um. Auf dem übernächsten Hocker scheint ein Mädchen zu sitzen, in ihre halbgeöffneten Schenkel drängelt ein junger Mann. Ganz nebenher gelingt ein Austausch zweier identischer Feuerzeuge, die jeweilige Restgasmenge ist ungewiß. Die beiden auf dem Hokker haben die Mäntel nicht an der Garderobe abgegeben. Sie nutzen ihr Minimum an Spielraum und gegenseitigem Vertrauen. Mehr ist über die Gesetze nicht herauszukriegen. Die Bewegungen am Hocker werden inniger, ohne in einen Widerspruch zu den Kontraktionen derer im Saal zu geraten. Die zwei Mäntel formen jetzt einen Kinderwigwam, in dem die Hölle los sein muß. Kein Mensch weiß, wie das geht.

Nach langer Zeit sehen wir uns zum ersten Mal an. Willimek steht im roten Jackett in den Gerüsten hinter der Bar. Ich weiß, daß er herkommen wird. Die Konturen von Gesichtern haben diese über Jahre erkennbare Haltbarkeit. Willimek beugt sich ein wenig herunter zu mir und sagt den Satz, der sich in ihm während der letzten Schritte gebildet hat. Welch eine Ehre für mein Haus, Herr Major, sagt er, und, was macht das schöne Spiel mit deiner Violine?

Ich konnte die Antwort auf seine Frage nicht in voller Länge geben. Ein anderes Problem nahm mich stark in Anspruch. Es verkürzte die Wiederbegegnung und den gesamten Abend um eine halbe oder ganze Minute. Die kleine Platzwunde, die ich mir im gleichen Zeitraum zugezogen hatte, war Grund für eine beunruhigende Feuchtigkeit der Nackenhaare. Draußen vor dem Eingang erholte ich mich nur langsam. Und daher glaube ich sagen zu dürfen, daß solche Betriebe mit Rücksicht auf manchen ihrer Gäste trotz gewisser Vorteile auf eine Ausstattung mit Steinfußböden in Zukunft verzichten sollten.

Himmlische Kanäle

Ohne weitere Einzelheiten anzuhören, war ich spontan zu einer Zusage entschlossen, als Claudia mich wegen der Mitwirkung an einer Fernsehproduktion fragte. Das soll nicht bedeuten, daß ich ausschließlich hinter interessanten Sachen her bin und daß mir darüber hinaus nichts Besseres einfällt. Einige Schlüsselbegriffe reduzieren jedoch meine gewohnte Entscheidungsunfähigkeit auf ein erträgliches Maß. Es handelt sich um ein Experiment mit entsprechend großem Spielraum, hatte Claudia erklärt, und du bist genau der Richtige dafür. Sie kennt sich aus in meinen kleinen Schwächen. Ihr Hinweis auf das Experimentelle sollte bei mir den narzistischen Impuls zwar auslösen, ihn im Nachhall aber sogleich wieder vernünftig abschwächen. Geschickter kann das keiner machen. Wir würden uns dann täglich bei der Arbeit sehen, sagte sie mit einer etwas albern drohenden Betonung. Mit der klaren Antwort lasse ich sie noch warten. Ich weiß nicht einmal genau, ob das Zaudern weiterhin Merkmal meiner Persönlichkeit ist, oder ob ich hierin bereits einer der Konventionen des mir neuen Berufsstandes folge. Bei aller Zögerlichkeit platzt diese Welt im Grunde vor Ehrgeiz.

Ich selbst stehe jeden Abend als Robert Kennedy, der jüngere Bruder von John F., auf einer Off-Theater-Bühne. Das heißt, überwiegend sitze ich in einem real wie fiktiv staatseigenen Bürosessel, weil wir ein Anti-Kriegsstück aufführen. Anhand von Original-Proto-

kollen aus den sechziger Jahren spielen wir eine Reihe von Krisenkonferenzen für ein friedensinteressiertes Publikum nach. Unschwer sich vorzustellen, daß einem solche Konferenzen mit der Zeit leid werden. Bereits 127 Aufführungen liegen hinter uns. Allein die Tatsache macht mich Claudias Vorschlag gegenüber mehr als gewogen – und nicht etwa jene, Abend für Abend vom brüderlichen Präsidentenbaß überstimmt zu werden. Ein früherer Studienfreund hatte mich zum Beitritt in seine Truppe überredet. Wenn sich eine Chance bietet, kann der Sprung von einem Metier zum anderen kurz sein. Von meiner Ausbildung her bin ich Grafiker und Designer. Aber wer vertraut schon ausschließlich seinem angestammten Beruf. Was mich im Augenblick hier hält, hat mit dem Stück nicht mehr viel zu tun, obwohl die moralisch stark indifferente Rolle mir persönlich eigentlich liegt.
Das Fernsehangebot folgt nicht zwangsläufig auf meinen allabendlichen Robert Kennedy. Es bezieht sich in einem weiter gefaßten Sinn auf meine darstellerischen Qualitäten. Claudia ist immer noch meine Ehefrau. Sie arbeitet in einer Produktionsfirma, die mit neuen Techniken zu tun hat. Meines Wissens setzt sie sich verstärkt für die Belange dieser Firma ein, seit ich aus der gemeinsamen Wohnung ausgezogen bin, eine versuchsweise vorgenommene Änderung unseres status quo. Wie Claudia zur Zeit zum Problem des Getrenntlebens steht, kann ich nicht genau einschätzen – Auseinandersetzungen gehen wir meist aus dem Weg. Daher bin ich auch nicht völlig sicher, welchen Charakter ihr mehrmaliger Besuch des Kennedy-Stückes hatte. Mit ihrer Kritik hielt sie zurück, selbst dann noch, als

ich ihr Simone vorstellte, meine neue Freundin. Die Hände, sagte Claudia nur, laß bloß deine hilflos irrenden Hände weg. Sie zielte vermutlich auf mein Lieblingszitat aus Hamlets Schauspielerrede – paßt das Wort der Gebärde, die Gebärde dem Wort an –, ihren Magister hat sie nicht umsonst gemacht. Während Simone mein nervöses, schlaksiges Spiel rundum toll und gerade durch den laienhaften Anstrich geglückt fand, waren Claudia selbstverständlich meine Phasen von Desinteresse und Desintegration aufgefallen. Leider gilt das auch für die meisten Kritiker. Sie verschwiegen den Bruder des Präsidenten einfach. In internationalen Krisenzeiten hat der Justizminister wenig zu melden, und die Monroe kommt in dem Stück nicht vor. Das kann alles nur besser werden, hatte Claudia leichthin gesagt, doch Simone meinte, durch Beschwichtigungsgesten dieser Art kann überhaupt nichts besser werden. Jeder Vermittlungsversuch erübrigte sich bei den beiden. Auf der Bühne haben sich die Dinge nach 127 Aufführungen eingespielt. Warum also nicht sich etwas anderes zutrauen. Claudia nannte als einen der Auftraggeber eine Sendereihe des Privatfernsehens, ein, nebenbei bemerkt, unglücklich gewählter Begriff, ökonomisch und ästhetisch unpräzise und verwirrend, somit ebensowenig wahr wie unwahr.

Obwohl das Stück emotional eher schwachtemperiert ist, verläuft keiner der Abende ohne Aufregung. Ich bin inzwischen dankbar für jede am Publikum vorbeigeschmuggelte, noch so unwesentliche Variation. Das bringt die eigentlich lebendige Erfahrung. Heute hat unser Außenminister Rusk, ein pensionierter Bankangestellter, wieder gepatzt. Fünf Minuten lang vergaß er, den Brief von Chruschtschow aus der Aktentasche zu ziehen. Wir gerieten in Schwierigkeiten, weil wir wirklich nicht wußten, wie es weitergehen sollte. Gibt's keine Post mehr in Europa? Wie lange braucht ein Brief von Moskau nach Washington? Solche Fragen erhöhten die Spannung unter uns Darstellern. Hinterher sprach Rusk von Bedrückung wegen seines Parts im nächsten Stück, einer Bedrückung, von der auch ich zunehmend eine Ahnung bekomme.

Meine Begeisterung für Männer ist nach drei Stunden politischer Bühnenarbeit erheblich geschwunden. Meine Begeisterung gilt dann uneingeschränkt Simone. Mühelos habe ich die hartnäckigen Diskussionswünsche der friedfertigen Frauen im Parkett zurückgewiesen ..., bei keiner sehe ich das große, jugendliche Herz Simones. Ohne sie ..., mehr brauche ich wohl nicht zu sagen. »Ein Liebesfall« oder »Eine Liebesfalle«, so lautet der Arbeitstitel meiner kommenden Aufgabe. Claudia war nicht ganz sicher am Telefon. Ihr könnt machen, was ihr wollt, sagte ich, es wird immer gut aussehen. Demnach müßtest auch du gut aussehen, sagte sie, wenn nicht gar besser. Aber meine Stimme wäre kaum manipulierbar. In den höheren Lagen wird es mitunter eng. Wie gefällt dir meine Stimme, frage ich Simone. Eine andere hast du nicht, oder, sagt sie so nebenher. Sie jobbt für ihr Studium in einem Nachtcafé, wo ihr Hüftschwung starke Resonanz erzeugt. In den schönsten Augenblicken sehen wir Gespenster. Tatsächlich bin ich der älteste im Raum, jedes Mittel der Stärkung sollte mir recht sein. Ich erzähle Simone von der Möglichkeit meiner Teilnahme an einer Fernsehproduktion. Unverzüglich nimmt ihr eben freudestrahlendes Gesicht einen ernsten Ausdruck an. Solche Forcierungen sind bei ihr einfach nicht nötig. Wie bist du in die Sache hineingeraten, will Simone wissen, aber ich sehe ihr an, daß sie es bereits weiß.

Kann sie dich nicht endlich in Ruhe lassen, sagt sie.

Es ist eine Chance, sage ich, außerdem handelt es sich um eine experimentelle Angelegenheit.

Den Begriff benutze ich hier im verharmlosenden, besänftigenden Sinn. Die Sprache bietet einen gewissen Schutz vor eindeutigen Sichtweisen. Als wir uns völlig unbefangen an der Vitrine mit den Früchten umarmen, ist Simones Argwohn wieder verflogen. Langsam beginnen meine Gedanken, sich auf Gegenständliches zu konzentrieren. Weil das heute nicht in jeder Beziehung leichtfällt, kommt das nach meinem Empfinden einem euphorischen Zustand doch sehr nahe.

Warum so trübsinnig, fragt Claudia, nachdem wir die Verträge unterzeichnet haben. Noch überdenke ich das soeben auf der Kennlernparty Gehörte. Einige Fragen sind unbeantwortet geblieben. Claudia wird zwischendurch privat. Liegt es am Geld ..., oder siehst du Probleme mit den Leuten? Was soll ich dazu sagen. Natürlich verstehe ich mich als eine Art Künstler. Aber ich arbeite längst nicht mehr, um Geld zu verdienen, ich arbeite, um Geld zu sparen. Eine durchaus alltägliche Konstellation, alles in allem, wobei ich kaum davon ausgehen kann, daß meine Frau in vollem Umfang meine Interessen vertritt. Verpflichtet haben sie mich übrigens für die Rolle eines gewissen Alex, etwas älter als Mitte Dreißig, mittelmäßig erfolgreich als Grafiker und Designer, verheiratet, eine Geliebte, und so fort. Ohne Zweifel bin ich der Richtige, und die betreffenden Frauen schlürfen bereits im vertrauten Kreis ihren Sekt.

Ein kleines Privat-Fernsehspiel zum Thema Liebe und Beziehungen. Was hatte ich anderes erwartet. Der Regisseur, ein Amerikaner mit eingedeutschten Rundungen in der Körpermitte, kontert zunächst Fragen in einer schwer deutbaren Lachsprache, die eine Unterhaltung sofort in Gelächter verwandelt. Das schafft Freiräume von Anfang an. Offenbar gibt es eine Fülle ungeklärter Dinge. Eure Wohnung wird gerade hergerichtet, sagt John, die wird ganz wunderbar. Und lacht. Als ich wegen meiner Vorstellung die Party verlassen will, zieht er mich beiseite. Leider verschiebt sich der Beginn der Aufzeichnungen um ein paar Tage ..., er lächelt ironisch, aber eine deiner Partnerinnen muß sich zuvor einem Eingriff unterziehen. Also ein bißchen scharf auf Pikantes, der Herr. Aber wenn es zur Sache kommt, entbehren seine Auskünfte zumindest nicht der halben Wahrheit. Wollte er in dem Zusammenhang etwa, daß ich einen Tip abgebe?

Am Abend erlebe ich noch einmal die große Humanität des Mediums Theater. Es ist eine der letzten Aufführungen, weil die Bauausstellung unseren Raum beanspruchte. Die Dialoge fließen in einem traumhaft realistischen Tempo. Wir sind die Kennedys und ihre Berater. Glänzend überspielen wir auch das Versäumnis des Außenministers, der in der Pause seine Aktentasche in der Garderobe stehengelassen hatte. Auf allen Vieren kriechen wir auf dem Fußboden des Präsidentenbüros und suchen eine Lösung für das Problem. Nach meiner Meinung sind wir insbesondere wegen solcher Einlagen zu einem Geheimtip der Off-Szene geworden. Ich vermute nämlich, daß das Publikum in einem unbewußten Prozeß von der persönlichen Krise des alten Mannes weit mehr betroffen wird als durch alles aufgeregte Panikgerede der anderen. Da wir aufgrund des Kollektivgedankens auf das einzelne Hervortreten am Ende verzichten, ist Applaus als Beleg für meine These allerdings nicht heranziehbar.

Wie sehen deine Partnerinnen aus, Simone will partout eine Beschreibung haben. Ist denn das Äußere so wichtig. Sie sehen aus, wie unbekannte Darstellerinnen um die dreißig aussehen. Donna kommt aus Amerika, Christine aus Dortmund – beide liegen am Rande meines derzeitigen Spektrums. Paß auf, sagt Simone, daß du dich bei der harten Arbeit nicht verliebst. Spielerisch geäußerte Befürchtungen sind immer wieder Auftakt für eine Kette von Argumenten und Zusicherungen. Ohne ständig überzeugende Beweise zur Hand zu haben, bemühe ich mich bis in den frühen Morgen, um die Bedenken zu zerstreuen und meine Anliegen positiv auszudrücken. Letztlich sind es Simones vitale Auffassungen, die mir ein weiteres Mal über diese Schwierigkeiten hinweghelfen.

Von der nüchtern graphischen, aber keinesfalls kühl gestalteten Studiowohnung sind wir vom Moment des Betretens an begeistert. Im Maisonettestil und schlanker italienischer Linie gehalten, verfügt sie im großen Wohnraum über eine Ganzglasfront zur Terrasse nebst einem Kamin. Christine bekommt ihr Zimmer, aus praktischen Erwägungen bekommt auch Donna eines, ebenfalls im oberen Stock gelegen. Die Wege sind also vorgezeichnet. Als ich im Bad auf Christine stoße, strahlt sie mich angesichts des großzügigen Doppelwaschbeckens ostentativ an: Hier läßt sich leben. Auch ich habe den Eindruck, daß solche Dinge eine Gemeinsamkeit vielleicht nicht gerade herstellen, so doch begünstigen können. Warmtonneon entschärft die Konturen, und ich bewundere die Vorhänge, schwarzer Theatersatin, perfekt für die Abdunklung, als hätten die Einrichter meine Neigung dazu gekannt. Erfreut über die gelöst wirkende Situation fragt Claudia mehrmals nach unseren Wünschen, bis ich sage, wie wär's mit ein paar Flaschen Burgunder aus der Requisite? John hat sich mit seinen Aufzeichnungsgeräten, Mischpulten und Bildschirmen in einem schmalen Raum im unteren Stock niedergelassen. Im Normalfall, denke ich, wäre das wahrscheinlich das Kinderzimmer.

Donnas Deutsch ist vorzüglich. Heute haben wir Dienstag, beginnt sie ein Gespräch ohne jeden Akzent. Wir unterhalten uns über ihre Magisterarbeit. Die Klimaanlage gestattet ihr, das Zimmer barfuß und im Baumwollfummel zu benutzen. Daß ich sie beobachte, bedeutet keinerlei Einbuße an Effektivität ihrer

Handlungen ..., Handlungen, die in Donnas makelloser Frische durchaus klischeehaft aussehen ..., das Klischee als optischer Dauerauftrag einer im Grunde unbezahlbaren Rechnung ... Das erste Mal haben wir uns in einer Fotogalerie in der City gesehen. Ich gebe zu, daß ich Simone gegenüber in der Einschätzung der Begegnung nicht ganz aufrichtig war. Donna ist mit ihrem klaren Teint, den dunklen Augen und dem schwarzglänzenden Haar sehr wohl eine Schönheit, möglicherweise eine klassische texanische Schönheit, mit einem in Ansätzen spürbaren, reichen Innenleben. Um mir die Inszenierung zu erleichtern, schlage ich Englisch als Verkehrssprache vor. Insbesondere Auskünfte über Gemütsbewegungen verlieren für mich in dieser Sprache ihre Kompliziertheit. Die Frage stellt sich, ob ich den Rest des Abends bei ihr verbringe oder nicht. Entdeckungen sind möglich, sagt Donna, und vermeidet genauere Festlegungen. Ich denke ans Nebenzimmer und verweise auf meine Pflichten, was sie zu der Bemerkung veranlaßt, dies verdammte Wort gehört zu den zehn meistgebrauchtesten in Deutschland. Bei mir nicht, sage ich, aber bitte, wir sind sogar verpflichtet, euch zu mögen. Diese Textstelle nimmt Donna persönlich. Unvermittelt beginnt sie zu steigern, do you love me, und wieder, do you love me, wozu sie im Silbenrhythmus an meinem Jackettkragen zerrt. Geschrien wird demnach englisch. Instinktiv versage ich die Bejahung und flüchte in die Suche nach meinem Mantel. Etwas Einfaches tun, das ist das ganze Geheimnis der Menschendarstellung. Donna scheint derselben Auffassung zu sein. Während ich in den Manteltaschen nach Zigaretten fingere, überfällt sie

mich hinterrücks und zwingt uns einen kurzen, leidenschaftlichen Kampf auf, einen zwischen Umarmungen und Wegstoßen wogenden Kampf, der ergebnislos abbricht.
Das heißt, er bricht ohne Ergebnis ab, wenn die Optik allein entschiede. Dennoch zögere ich tagelang, ehe ich gegenüber Claudia erkläre, daß Donnas Ausstrahlung eine beißende, mir wie selten unangenehme Körperausdünstung einschließt. Wenn ich daran denke, was von mir erwartet wird, und daß es sich um meine erste Aufgabe in dem Medium handelt, stellt dies schon eine bittere Note dar.

Wollen wir noch ausgehen, fragt Christine, oder wollen wir zu Hause bleiben, oder was sonst? Ihr Thema umkreist »die Einbeziehung des Dritten«, doch die Transparenz der Denkvorgänge scheint selbst in technisch gut vorbereiteten Situationen begrenzt. Die Geräte hier können nicht in unseren Hirnen lesen. Sie können Gedanken nicht in Text umsetzen. Und ich sehe keinesfalls meine Aufgabe darin, stets das Sinnvolle vom Unsinnigen zu trennen ..., aber warum dann die Mitarbeit an diesem Projekt, frage ich mich in der Runde am Kamin. Ich bin nicht fürs Fernsehen geboren. Im Grunde geriet ich durch eine an Manipulation grenzende Handlung Claudias in die Sache. Schon vorbei, schöne Zeit der Schauspielerei? Von der friedlichen Bühne in den streitbaren Mehrpersonenhaushalt. Welche Notwendigkeit zwingt mich eigentlich, auf diesem Weg kulturelle Tauglichkeit zu beweisen?
Wir diskutieren ernsthaft die Frage, das Studio zu mie-

ten und ein Zusammenleben zu probieren. John erwähnt seine Eltern, die vierzig Jahre gemeinsam abends vor dem Fernseher verbracht haben. So kommen wir in der Sache doch wirklich nicht weiter. Sehr religiöse Menschen, erzählt er, beim Abendbrot wurde während des Tischgebets jedesmal der Ton abgestellt. Bevor unser kleiner grauer Wohnungsfilm melancholisch versackt, greift John zur Hausgitarre und näselt mit original westerner Stimme seine Country-Lieder. Noch gibt es sie, die Spezialisten des Traute-Heim-Programms. Bald bin ich von ihm eingenommen und denke, jede weitere Gagenforderung zu unterlassen. Nach meinem Eindruck empfinden die anderen durchaus ähnlich. Ohne innere Widerstände überwinden zu müssen, ergreife ich die Hand Christines, drücke sie leicht, was meine Teevau-Frau nach nur geringfügigem Zögern erwidert. Für eine knappe Stunde sind wir ein richtiger Clan und haben sehr, sehr netten Besuch.

Der theoretische Hintergrund der Produktion läßt sich an einem Beispiel verdeutlichen. Soweit bekannt, greifen ausgestrahlte Signale direkt in die Wahrnehmung ein und können entweder empfangen oder aber abgelehnt werden. Die Härte dieser Entscheidung beim Addressaten abzumildern, ist ein Ziel unserer experimentellen Arbeit. Wenn ich vor Donnas Tür stehe, bleibt auch das Bild der Aufzeichnung stehen. Daheim auf den Schirmen erscheinen, ins Standfoto eingeblendet, die Fragen, geht er hinein, geht er nicht hinein, oder besteht darüber keine Meinung. Durch die Beantwortung der Fragen kommunizieren die Empfän-

ger mit dem Medium, indem sie sich nach eigener Auffassung für den Fortgang der Geschichte entscheiden. Poco a poco bauen sich die Leute ihre Story per Knopfdruck selbst zusammen. Am Ende hat jeder etwas anderes gesehen. Das wiederum ergibt Ansätze zur Kommunikation untereinander, zur Gewinnung neuer Standpunkte, im Büro, zu Hause, überall. Das Verfahren wäre, sozusagen teledemokratisch, auf jedes gewünschte Gebiet übertragbar. Was die natürliche Wahrnehmung betrifft, ist das nichts Neues, die Technik zieht einmal mehr nur nach. Was die Phantasie betrifft, mögen jene drei Möglichkeiten einen Teil der Empfänger überfordern, einem anderen Teil dagegen, selbst bei raffinierter Kombination der Elemente, eher eine Reduzierung bedeuten. Dennoch lassen sich über das Technologische und Darstellerische hinaus genügend Absichten des Verfahrens begreifen – wer in Zukunft entsprechende Zahlungen zu leisten vermag, wird sie ebenfalls nach einer gewissen Anlaufzeit begriffen haben.
Demnach erübrigt sich die Frage, ob du in das Zimmer hineingegangen bist oder nicht, sagt Simone. Das Prinzip leuchtet ihr sofort ein. Sie erkennt, daß ich alle Möglichkeiten durchspielen muß. Warum soll ich ihr von den Qualen erzählen, dort auf der Treppe zu stehen und wahnsinnig lange auf die Tür zu starren. Warum soll ich klagen über eine praktisch etablierte Technik. Selbstverständlich räume ich die Obszönität des Verfahrens ein, besonders des Mißbrauchs auf dem freien Markt. Multiple Choice, mein Herr, wie hätten Sie's denn gern. Das Glück, sagt Simone, ist immer ein fester Entschluß. Verwirrt drücke ich den Tastknopf

mit der Eins. Auf dem kleinen Portable läuft ein Film mit Frauenbildern in knapp sitzenden Kostümen, mit Mannsbildern in schlackernden Anzügen und von Hüten bedeckt, die sie niemals abnehmen.
Simone sieht nicht gern, was ich gerade mache. Sie sagt, schau genau hin, Zwerge sind es. Sie sagt auch, nasche nicht am Brot der Armen. Ihr geht es um Grundsätzliches. Mir ist natürlich klar, daß es unendlich viele Möglichkeiten gibt, sich selbst zu verharmlosen. Andrerseits besteht der Samstag weiterhin aus neunzig Spielminuten ... Abschalten, sagt Simone, bevor es zu spät ist. Du hast das Ding doch in der Hand. An meinem freien Tag notiere ich, tausend Bilder sind nicht soviel wert wie ein Wort. Auch die Rechnung geht nicht auf. Sie ist nur die Quittung dafür, daß meine Grübelei inzwischen einen hohen Grad der Anbiederung erreicht hat.

»Wieder ein himmlischer Tag ...«, ein Tag voller Einblicke in Grundsituationen, und doch diese anhaltende Passivität ... Die Geräte zeichnen jede unserer Bewegungen auf, selbst die geringfügigsten, unbedeutendsten. Ehrlich gesagt, schwierig ist der Job nicht. Mit ein wenig Überwindung tun wir einfach das, was man ohnehin tut, wenn man auf Menschen oder auf Dinge trifft. Neben den anderen Programmen laufen auf den Monitoren unsere Bilder ganz selbstverständlich mit. Keinesfalls ist es dabei so, daß ich hier während der Arbeit auf Erregungen verzichten müßte. Beim Teleflanieren habe ich entdeckt, daß bestimmte Farbverzerrungen mehr als anregend sind. Höchst in-

tensiv wirkt älteres Original-Material in Technicolor, ausgestrahlt im französischen SECAM-System und im Empfangsgerät zurückübersetzt ins deutsche PAL-Verfahren. Ein leichtes Irisieren der Konturen ist die Folge, ein zartes Anreißen der Umrisse einer Figur ..., einer weiblichen Figur zumal, wie gefangen im kleinen Kasten. Diese dreifach elektronisch vermischten Färbungen schlagen körperlich bei mir ziemlich stark an. Natürlich versuche ich, das zu verheimlichen. Aber John scheint irgend etwas zu wittern in solchen Momenten. Hey, du, sagt er, komm' mal herüber hier ins Bild. Die Ausreden fallen mir immer schwerer.
Seit ich für die Produktion die kleineren graphischen Arbeiten übernehme, erkenne ich einigermaßen überrascht, daß allein die Schrift in der Lage ist, den Bildfluß anzuhalten. Kehrt Alex nach Hause zurück ... Kehrt Alex nicht nach Hause zurück ... Besteht darüber keine Meinung? Probeweise in halbfetter Futura fertige ich solche Inserts an. Die Gestaltung bleibt mir weitgehend freigestellt, doch existiert nach meinem Eindruck Befangenheit in den Vorstellungen über den weiteren Verlauf.

Auch Christine reagiert skriptural: Frühstück ist in der Küche, und wo bist du? (Stell' die Milch wieder in den Kühlschrank, aber nicht in den kleinen!) Ihre Botschaften auf den linierten Karteikarten überzeugen durch Mehrdeutigkeit. Auf Wunsch spielen wir die verschiedenen Interpretationen vom Blatt. Ich vermute, es geht ihr um die Wiedergewinnung der Aura alltäglicher Verrichtungen. Sie erhält zusätzliche Dialoge, in denen sie für gemeinsame Entwicklung in der

Ehe eintritt, für Neuaufnahmen in Fortsetzungen ... Zugegeben, sie tut das sehr überzeugend. Ich mache immer öfter Aufzeichnungen mit ihr, vor allem, seit ich mit Donna den Themenkreis »Ausziehen gleich Einziehen« improvisiere. Wann ich vom Studio frei bin, sagt sie verschiedenen Anrufern, weiß ich nicht, Darling. Dabei besitzt Donna Willen zur Klarheit und beginnt im Vorgriff, von mir Entscheidungen zu fordern. Als ich mit Antworten zögere, schüttet sie mir die Frühstücksmilch über den Joggeranzug. Dreimal mußten wir das durchziehen, weil die Namen unserer Sponsoren nicht deutlich genug zu erkennen waren. Und nun habe ich alles zerstört zwischen uns, oder? Donna wird in dieser Einstellung von Christine beruhigt: Es war im Prinzip richtig so, aber es war auch zuviel irgendwie. Gefühle lassen sich selten echt abrufen. Sie müssen stets aufs neue inszeniert werden. Deshalb kann die Arbeit lange dauern – wegen der vielen Variationen und Wiederholungen bis spät in die Nacht oder die Nacht hindurch. Und dann bitte alles wieder auf Anfang.

Als Claudia mit fertigen Magnetaufzeichnungen erscheint, ist unsere Spannung groß. Der Moment, sich selbst erstmals professionell zurechtgemacht auf Monitoren zu sehen, frappiert erheblich stärker als jene Irritation durch die vom Tonband gehörte eigene Stimme. Mich beeindruckt jedoch eine andere Tatsache mehr als die Begegnung mit meinem Abbild. Wie ist dieser Vorgang zu bewerten? Nichts daran wurde manipuliert oder verfälscht – aber die schöne Donna erscheint auf dem Schirm verwandelt bis zur Unauffälligkeit. Augenscheinlich hat das Medium Donnas Ausstrahlung und Impuls verschluckt, herausgebremst. Was ich nun in den Mustern sehe, entspricht meiner Wahrnehmung während der Spielszenen mit ihr überhaupt nicht. Müssen wir uns heute Videos von jemandem ansehen, ehe ein Urteil möglich ist? Die Überraschung wächst noch, als ich die folgenden Großaufnahmen betrachte. Sie zeigen Christine auf exakt demselben Schirm in ungeheurer Präsenz. Weil mir das während unserer Aufzeichnungen absolut nicht aufgefallen war, wirkt dieser Eindruck jetzt ungleich stärker. Zu meinem großen Erstaunen erstrahlt die Ehefrau in glaubhafter und würdiger Schönheit. Woher kommt die unheimliche Überzeugungskraft, frage ich und weise Claudia auf die Tatsache hin. Haben wir es mit einer magischen Macht zu tun? Wenn du das wirklich so sehen könntest, antwortet Claudia, dann wäre das ganz wunderbar.

Seit Wochen schlafe ich praktischerweise in der Studiowohnung. Die Produktion benötigt die Betten nicht. Trotz gewisser Abflachung des inhaltlichen Interesses leben wir streng in bezug auf die Arbeit und kommen kaum noch heraus. Simone lehnt es leider weiterhin strikt ab, mich hier in der Wohnung aufzusuchen. Zum wiederholten Male erkläre ich ihr, unterschrieben ist unterschrieben, und das bedeutet Einschränkung und nochmals Einschränkung. Ich bin fast bereit, ihr mangelhaftes Vertragsempfinden als ein Zeichen von gesellschaftlicher Unreife zu verstehen, zumal sich vor meinen Augen ständig Prozesse von hoher Integrität abspielen. Selbstverständlich zähmt die Angelegenheit uns alle. Christines real ohnehin herbe Gesichtszüge zeigen Spuren der Anstrengung, die nicht ausschließlich von ihrer nebenher entstehenden Magisterarbeit herrühren können. Aber sie verzichtet auf ein bißchen Rouge unter Hinweis auf die Intendanz. Wenn nicht unbedingt erforderlich, bestätigt Claudia, dann bitte keine Zeichen und Stricheleien in Rot. Vom gegenwärtigen Stand der Aufzeichnungen kann gesagt werden, daß sie recht disparate Motive zum Spektrum vereinen – gespeichert sind Szenen wie »Ausruhen bei dem, der einem nicht sofort verfällt«, »Die jederzeit widerrufbare Beziehung« und »Wir kennen uns seit zehn Jahren« mit anschließendem gemeinsamen Essen und daran anschließendem Abtauchen, einzeln.

Mir ist vollkommen klar, daß ich mit meiner Anhänglichkeit an die Produktion übertreibe. Wenn du nicht bald von deinem Fernseh-Kränzchen wegkommst, droht Simone ruhig, dann ist alles aus, mein Lieber.

Aporie, a posteriori

Wenn ich zum Beispiel das deutlichste der heraufziehenden Geräusche herausnehme, das von mir sogenannte Kerngeräusch, das in jedem Moment erwartet werden kann, und damit habe ich die sonntägliche und werktägliche Zeit von null bis vierundzwanzig Uhr erfaßt, dieses Geräusch, dessen Dauer des einmaligen Erklingens mit Schwankungen knapp drei Sekunden umfaßt, dessen Dauer des wiederholten Erklingens aus der Warte des Hörenden unbestimmbar ist, selten eine halbe Stunde überschreitet, dabei unterbrochen wird von unterschiedlich langen Intervallen, die ihrerseits mit einer viertel bis vollen Minute begrenzt sind, denn längere Intervalle können bereits als Pausen empfunden werden, Pausen, die in einer Länge von vier oder sechs oder dreiundvierzig Minuten dafür sorgen, daß sich der Klangvorgang insgesamt aus der Konzentration des Hörenden zu verlieren beginnt, sich sogar bei ihm ein Gefühl der Ruhe einstellen kann, zumindest was das Kerngeräusch anbelangt, wobei eine nach einer solchen Pause eintretende Wiederaufnahme vom Hörenden, von mir, als der Anfang einer neuen Phase verstanden wird, weil der eigentümliche Reiz des Geräusches, seine tief eingreifende Wirkung, ausschließlich in einer mehrfachen, vielfachen Aufeinanderfolge liegt, mit der grundsätzlich beim ersten Anklingen, dem Beginn einer neuen Serie, sofort gerechnet werden muß, da das einmalige, einfache Erklingen eine Ausnahme ist, die im Anhörungszeitraum nur wenige Male hochkommt, das einmalige Erklingen ist banal, das wiederholte Erklingen infernal, seine mehrfache, vielfache Aufeinanderfolge in nicht vorauszusagender Länge und nicht vorauszusagender Häufigkeit, in unregelmäßigen Schüben über eine Gesamtzeit verteilt, ertönt ohne ein ankündendes Zeichen weder des Beginns noch des Endes einer jeweiligen Einheit, wobei die nach dem durch das Ausbleiben weiterer Folgen bestimmten Ende der Einheit eintretende Pause, und sei sie eine mehrstündige, nicht das endgültige Verschwinden bedeutet, nicht einmal das längere, über die bereits verstrichene Pausenzeit hinaus andauernde Verstummen, sondern nur eine Aussetzung von unplanbarer Frist, die in dem Moment ihrer Überprüfung wieder zu Ende sein kann, ja oftmals fällt der Neubeginn exakt in diesen Moment der Überprüfung, und das selten als das einmalige Erklingen, wenn das Geräusch einmal gehört wird, ist die Wahrscheinlichkeit die allergrößte, daß es sich um den Anfang des wiederholten Erklingens handelt, das einmalige Erklingen, wenn es nach minutenlang hinhaltendem Lauschen zweifelsfrei als einmaliges Erklingen identifiziert ist, wird mit Erleichterung aufgenommen, denn daß hin und wieder etwas Seltsames, Eigenartiges geschieht, ist Merkmal eines Normalzustandes, eines Zustandes, zu dessen Kennzeichen der unfreiwillige Aufenthalt im Wirkungsbereich dieser Geräusche zählt, was sich im übrigen mittels handelsüblicher Tonträger nicht dokumentieren läßt – Versuche mit einem mir zur Verfügung stehenden Haushaltkassettenrecorder brachten keine, den tatsächlich herrschenden, akustischen Verhältnissen auch nur annähernd entsprechende Wiedergabe, ihre Ergebnisse waren lächerlich, gleichwohl es wünschenswert bliebe, einen mit der betreffenden Klangkulisse bespielten Tonträger vorlegen zu können, der zumindest auf der Geräuschebene sofort verständlich machen würde, worum es geht, was mit einem technisch entwickelten Verfahren der Aufnahme, ich denke hier an das gerade für meine Zwecke besonders einleuchtende Stereo-Kunstkopfverfahren, sich vielleicht in Originalqualität erreichen ließe, ohne daß es die Situation ausreichend erfahrbar machte, es sei denn, jemand setzte sich einer Tage, Wochen, gar Monate währenden Abspielung einer solchen, einmal produzierten Aufnahme aus, den Aufenthalt innerhalb des mich ständig umgebenden, wiewohl zeitweilig meiner Verfügungsgewalt entzogenen Klangraum imitierend, den Test allein durchstehend, weil Menschen, ja ein anderer genügt bereits, Schallschlucker sind ähnlich den Tieren, jener Hund, den ich einlud, flezte sich lang hin inmitten mehrerer fieser Wellen von Wiederholungen, schlief fest gar im Zentrum ihrer allerdeutlichsten Hörbarkeit, dort, wo es selten gelang, einen garantiert geräuschlosen Zeittakt auszumachen, denn das anhaltende, wiederholte Erklingen des Kerngeräuschs, und das in einer gesteigerten, vielfachen Aufeinanderfolge, drängte sich rasch in die Grenzen dieses stillen Zeittaktes hinein, schob sie tendenziell immer weiter zu einer jener bekannten, unverläßlichen Pausen zusammen, in der jederzeit die unregelmäßig tönende Wiederkehr, die Neuaufnahme des Klangvorgangs, mit zunehmender Wahrscheinlichkeit erfolgen konnte, die Frage war bloß, wann, wie lange würde es brauchen, bis der geräuschlose Zeittakt in das vom Hörenden unbestimmbare Gefüge der üblichen Intervalle und der Einsätze des Kerngeräuschs in nicht vorauszusagender Länge und nicht vorauszusagender Häufigkeit wieder eingepaßt, aufgelöst in ihm, und als tatsächliche, garantierte Ruhezeit nicht mehr heraushörbar war, während doch die Lautgestalt selbst derweil weiter heranwuchs, sich vergrößerte in Volumen und Präsenz – innerhalb der mir zur Verfügung stehenden Gesamtfläche brachten mehrfach vorgenommene Verschiebungen der Horchposten keine Erleichterung, Matratzen hier, Tische dort, oder umgekehrt, das war keine wirkliche Veränderung, der gesamte Klangraum war nahezu gleichmäßig bestrichen, die prüfende Hinwendung zum Kerngeräusch, dessen Erklingen niemals lange auf sich warten ließ, ergab nach erfolgter Neubestimmung eines für längere Aufenthalte gewählten Ortes stets das gleiche Ergebnis eines bald herausgelöst gehörten, einmaligen, einfachen Erklingens, dessen Dauer mit Schwankungen kaum drei Sekunden umfaßt, eine Dreiklangfolge bildet, einen simplen Akkord darstellt, mehr nicht, wenn ich den einwandfreien, technisch ungestörten Verlauf, den Idealklang, wahrnehme, wobei für die Auffassung insgesamt die geringen Schwankungen des gestörten Verlaufs nicht ausschließlich einer Trägheit der Geräuschquelle, sondern auch einer des Ohres angelastet werden müssen, das für die in diesem Falle zusätzlich auszuhaltende Anspannung eine Schuldzuweisung auf sich nehmen muß, denn es formulieren sich sofort die Fragen, Wo bleibt der fehlende Mittelton oder Warum erscheint der Ausklang so verkürzt, was in aller Regel in der mit höchster Wahrscheinlichkeit unmittelbar darauffolgenden Einheit ein überprüfendes, ganz genaues Hinhören nach sich zieht, auch einem gewissen Ehrgeiz des Ohres gehorchend, das dann zweifelsfrei bei einer inzwischen steigenden Anzahl von einzelnen, isoliert vernommenen Klangfolgen signalisiert, daß der normale, technisch einwandfreie Verlauf gestört ist, das Klangbild in einem solchen, numerisch und rhythmisch vom Zuhörer, von mir nicht vorauszusagenden Maß ein anderes ist im Vergleich zu den ungestört und deckungsgleich aneinander gereihten Klangfolgen, die im Hörvorgang ständig selbsttätig auf ihre Identität hin untersucht werden – es ist ein verzerrtes, ein in sich selbst mit abweichenden Zeitkoordinaten gebrochenes, zusammenstürzendes, sich selbst überlagerndes Klangbild, dessen Einzeltöne sich unordentlich zu überholen beginnen, denn Störung heißt hier mehrmaliger Abbruch und gleichzeitiger Ansatz verschiedener Versuche eines Neubeginns, der sich ausschließlich zwischen den beiden Anfangstönen abspielt, der dritte Ton, der Ausklang, wird weniger beeinträchtigt, wird nicht voll erreicht, bildet er in voller Länge den Akkord mit, ist die Störung überwunden, was anschließend für eine geschlossene Reihe von Wiederholungen gilt und in langer Periode den Gedanken nahelegen mag, eine gewisse Abstumpfung gegenüber den Wirkungen könnte sich einstellen, doch in Wahrheit liegt dieser Gedanke fern wie auch derjenige, der lautet, der oftmals gestörte Verlauf einer einzelnen Klangfolge verhindere eben eine Gewöhnung, ein Abstumpfen, er sorge für Erregung, für anspannendes Zuwarten von ungewußter Dauer in den Kanal des Idealklangs hinein, mithin für eine Abwechslung, die die gesamte Anhörungszeit in einer herausfindbaren Weise rhythmisiert, falsch, falsch, das Geräusch behauptet sich gegen diese Gedanken ebenso wie gegen all jene, auf die sein erstes Erklingen in einem unmittelbar zu Ende gehenden, geräuschlosen, oder wenigstens geräuscharmen Augenblick trifft, wobei, und das ist es, sein im Einzelfall gestörter Verlauf doch integriertes Teil der vorgestellten Klangfigur ist wie der schwarze Anzug eines schwarzen Mannes, Abgestumpftheit also eher, was den nebenher existierenden, ständig pochenden, verlebten Klangkörper der Umgebung angeht, keinerlei Abgestumpftheit, was das herausragende, sich selbst anscheinend endlos erneuernde Kerngeräusch angeht, abgestumpft durchaus außerhalb der Hörweite des Kerngeräuschs, innerhalb seiner Hörweite nicht abgestumpft, gewöhnlich nicht sehr verbunden mit dem zu weniger Anteilen natürlichen, und zu mehr Anteilen industriellen Klangbrei außerhalb, immer auf das intensivste verbunden mit Klangfolgen innerhalb der Hörweite des Kerngeräuschs, einschließlich der Pausen, die nicht ermöglichen, eine stille Stunde einfach verstreichen zu lassen, das wäre nur möglich unter der Voraussetzung eines vermuteten, eben exakt so langen Intervalls, seiner unverzüglichen Ausnutzung, die, weil unbestimmbar, letztlich Wagnis oder Zufall bliebe, stets vom Hereinplatzen einer ersten und daher besonders stark empfundenen Dreiklangfolge bedroht, der in den allermeisten Fällen, ja wohl zu vollen neunundneunzig Prozent der Fälle, weitere, völlig identische zeitversetzt nachfolgen würden, die den Beginn einer erneut sehr unpassenden Reihe bilden mögen, auch wieder verklingen mögen, einige vorläufige letzte Einheiten in gewohnter Lautstärke nach sich ziehend in eine Pause, die aber nicht als tatsächlich eigenmächtige Bestimmung einer vom Zuhörer, von mir, als dringend notwendig erachteten Ruhezeit gelten kann, vielmehr als der sich hinziehende Auftakt eines nun laufenden Countdowns von unbekannter Länge zu betrachten ist, der die Zeit auf der Suche nach einer Möglichkeit neuerlichen Einsetzens des Kerngeräuschs lediglich abzuhaken scheint und nichts anderes als eine der üblichen Pausen ist, in die, gleichwie hervorgerufen, dann und wann in durch kein besonderes Zeichen angekündigte Momente der Nachhall fällt, blitzsauber und trennscharf, wiewohl jetzt gar nicht existent, bildet sich die Lautgestalt eines einfachen, einmaligen, ungestörten Erklingens originalgetreu und plötzlich wie real im oberen Schädelinnern ab, wird nicht wiederholt, nein, niemals wiederholt, steht dort oben gleich einer einfachen, einmaligen, fast entleibenden Erinne-

rung, ihren Zuhörer, mich, erschrek-
kend.

Wie erschreckend,
fragt der ver-
hörende Beamte.

Wie?

Mit einem Pfeifen, einem Zischen und
mit Donner.

Ja, pfeifend, zischend und donnernd.

Nie im Fernsehen

Mit knapper Geste weist Marion mir den Warteplatz an, einen Stuhl am Rande des Geschehens. Ihr dürfte klar sein, daß mein Kommen erheblich verfrüht ist, mindestens um eine Stunde. Ich bedaure das absolut nicht – im Gegenteil, es war meine Absicht, noch während der Öffnungszeiten hier zu erscheinen. Marions Lächeln gilt nur im Ansatz mir, denn unverzüglich wendet sie sich wieder einem Besucher zu, der ihr gegenüber sitzt. Sehr, sehr karge Räumlichkeit, soweit mein erster Rundblick. Was die beiden dort verhandeln, kann ich nicht verstehen. Sie sprechen leise und wenig, anscheinend ohne größere Widersprüche. Marions routinierte, emotionensparende Arbeitsweise läßt durchaus hoffen auf später. Trotzdem muß ich davon ausgehen, daß auch Komplikationen zu erwarten sind. So etwas ist eben nicht berechenbar. Wie ich sehe, legt der Besucher bald einige Geldnoten vor sich auf die Tischplatte, hält sie für Momente mit den Händen bedeckt in letzter Verwahrung – bis Marion die Scheine auf ihre Seite des Tisches zieht und lose in eine Schublade fallen läßt. Der Nächste bitte.

Der schlichte Vorgang wiederholt sich. Neue, zahlungsbereite Besucher treten ein. Da kommt schnell etwas zusammen. Zumal die Summe der Braunen und Blauen ungefähr doppelt zu nehmen ist, denn neben Marion agiert auf gleiche Weise Julie, Hallo, Julie. Natürlich haben diese Wiederholungen meinen Aufmerksamkeitsgrad erhöht. Vorgänge dieser Art üben auf mich einen eigenartigen Reiz aus. Ich beginne, Marion in eine Verbindung mit diesen Vorgängen zu bringen. Es gibt allerdings zum jetzigen Zeitpunkt wenig konkrete Erkenntnisse. Das Büro, seine Ausstattung, wie gesagt, von äußerster Einfachheit. Zwei an den schmalen Seiten zusammengeschobene Schreibtische teilen den Raum in seiner Mitte, bilden einen Schalter- und einen dahinterliegenden Büroraum, das ist leicht zu erkennen. Daß ich nicht allein warte, weiß ich, seit einer zur Türe hereinrief, dauert es noch. Das ist Jan, hatte Julie gesagt, er ist stumpfsinnig, verblödet von Dosenbier und Musikgedudel, aber auch ein Mann. Ich habe keinen Anlaß, mich ihrem Urteil zu entziehen. Als Julie in die Tasten der einzigen Schreibmaschine schlägt, denke ich, der Mann wird weitere Biere und Musik brauchen. Einstweilen trägt sie die Matrize, in die sie ein paar Daten gehackt hat, mit zwei gespreizten Fingern nach hinten, wo eine ältere, füllige Frau mit hochgestecktem Haar das Papier entgegennimmt. Die Frau kenne ich bereits. Ich nenne sie Big Mama, wobei ich einem spontanen Einfall folge. Vor dieser bürokratischen Handreichung hatte sie sich nicht bemerkbar gemacht. Dem Anschein nach döst sie an der Vervielfältigungsmaschine, einem altmodischen Ungetüm, das den Großteil der Rückwand einnimmt. Mit Hilfe jener Maschine werden die verschiedenen Stapel Papiere hergestellt, die auf den Schreibtischen ausgelegt sind. Von dem Papier erhalten oder nehmen die Besucher zumeist eines, ein sehr holziges, oft vom Apparat verschwärztes Blatt, soweit meine Beobachtung. Was die drei oder, Jan einbezogen, die vier hier tun, sieht alles in allem nach leichter Tätigkeit aus. Eine Erschwernis oder gar Gefahr ist mit bloßem Auge nicht auszumachen. Beiläufig, so rasch wie die Besucher, lese ich ein Exemplar an, als wüßte auch ich ungefähr Bescheid. Namen und Zahlen stehen darauf, etwa diese

1. Hans	19 500 Pte.
2. Von Weg	18 500 Pte.
3. Effjot	17 000 Pte.
4. Helmut	17 000 Pte.

und so weiter, und so fort.

Auf Anhieb, das ist sofort klar, geben die Zettel nicht allzuviel her. Offenkundig können sich die Verfasser auf ein gewisses Vorverständnis bei den Empfängern verlassen. Die Leute werden das zu ergänzen wissen, nehme ich an. Augenblicke später frage ich Marion, was bedeuten diese Blätter. Big Mama schaut über ihren Apparat hinweg zu uns. Ach, sagt Marion, das sind nur Infos für die Klienten. Big Mama lächelt freundlich. Ich nehme das zunächst rein rezeptiv und bin wieder ungeduldiger Freier, der den Szenenwechsel einfordert. Auf keinen Fall möchte ich, daß sich darüber hinaus irgendein Mißtrauen gegen meine Person richtet. Zu dieser Stunde bin ich notgedrungen auf Beobachtungen angewiesen, um die Dinge in eine, wenn auch karge Beziehung zu setzen. Ist, zum Beispiel, der Beginn der Schubladenleerung ein Hinweis auf Feierabend für heute? Das richtige Auffassen eines Vorgangs und das Mißverstehen des gleichen Vorgangs schließen einander einmal mehr nicht aus. Hinschauen und hinhören, mehr kann ich gar nicht tun ..., nur der

Verstand bohrt immer weiter, unablässig weiter. In diesem Fall ist es die letzte Leerung. Julie steht bereits im Mantel. Ich habe nicht mitbekommen, wo der Schubladeninhalt abgeblieben ist. Aber noch einmal präge ich mir die glänzenden Pokale ein, die auf rotem Samt neben dem Eingang versammelt sind. Ihre Bedeutung ist mir nicht annähernd klar. Kaum einer der Besucher hat diese Stücke einer besonderen Betrachtung unterzogen, obgleich, wie ich finde, ihre Anwesenheit einen offiziellen Charakter des Geschehens im provisorischen Schalterraum eher nahelegt als in Zweifel bringt. Die Frage ist natürlich, ob und wie weit ihr Sinn, ihre Funktion über das Dekorative hinausgeht. Marion unterbricht meinen Gedankenfluß. Wir können gehen.

Die Pokale oder Trophäen sind zu lockeren Gruppen zusammengestellt. Sie zeigen verkleinerte Nachbildungen von kleinen Kindern. Das Wachstum der Jungen und Mädchen ist in unterschiedlichen Stadien und Pokalgrößen festgehalten, in durchweg realistischen Miniaturen. Darstellungen von geschätzt Sechsjährigen gibt es, auch von Dreijährigen beiderlei Geschlechts, Kinderpärchen händchenhaltend, von Zwillingen bis hin zu Säuglingen, bäuchlings mit Fotogrinsen, ganz aus Gold.

Marion hatte ich gestern abend getroffen, nachdem ich mit dem Zug hier angekommen war. Auf dem Bahnhofsplatz entschied ich mich gegen Zentrum und Behördenviertel, um in einer Seitenstraße der Altstadt ein einfaches Hotel zu suchen. Das Mädchen konnte ich bereits aus einiger Entfernung beim vergeblichen Versuch erkennen, die Glastür in der Glasfront eines Ladenlokals abzuschließen. Die Entfernung entsprach ungefähr der Zeit, die ich brauche, um eine höfliche Tat bis zur Entscheidung vorzubereiten. Lassen Sie mich versuchen, kein Problem. Marion benutzte den Begriff Geschäftsstelle in bezug auf das, was hinter der Tür lag. Schnell erkannte ich das Mißverhältnis ihres mädchenhaften Körpers zu ihrem ungewöhnlich mächtigen Kopf, einer aufgeplusterten Haarmenge – sie spazierte in Richtung Zentrum davon. Nachdem sie kaum hundert Meter zurückgelegt hatte, war klar, daß ich ihr unbedingt wiederbegegnen wollte. Das gelang durch Beobachtung und Berechnung des Weges, durch Anpassen meines Tempos an das ihre. So behielt trotz relativer Menschenleere unser erneutes Zusammentreffen eine erfreuliche Zufälligkeit. Ich schätze den Zufall, das Indirekte. Sie vermutlich auch. Die Ladenzeile, von der wir gerade einen Teil abgeschlossen hatten, konnte ich auch mit ausreichendem Abendlicht nicht vollständig lesen. Sie bestand aus fünf gleichgroßen Flachsegmenten. Vier hatten ihren Neontitel ordentlich oben auf dem Ladendach. An Marions Geschäft fand sich nicht das kleinste Piktogramm oder ein anderer schriftlicher Hinweis.

Angeregt durch eine Aktion der Bahn war ich hierher gekommen. Die Aktion hatte bei mir auf eine nicht restlos erklärbare Bereitschaft zur Teilnahme getroffen. ENTDECKEN SIE DIE HAUPTSTADT – mit einer Wochenrückfahrkarte zu fünfzig Prozent Ermäßigung. Das war einfach ausgedrückt. Die Verantwortung für die Aktion lag ausschließlich bei der Bahn. Die Ermäßigung bezog sich nur auf den reinen Fahrpreis. In der Kalkulierung des ökonomischen Aspekts wird die Unterstellung eines allgemeinen Verlangens, die Hauptstadt zu sehen, ausschlaggebend gewesen sein. Es gibt unausgelebte Neigungen zum Diplomatischen, es gibt den Wunsch, Einblicke in das eine oder andere Vorhaben zu nehmen, und vieles mehr. Die Bahnverwaltung hält sich aus all dem heraus. Sie verzichtet auf die sonst üblichen Tips und Hinweise. Die helleren Köpfe bei der Bahn wissen, daß die Wahl interessanter Objekte in einer fremden Stadt oft willkürlich verläuft.

Eigentlich will ich nicht, aber ich muß dort hinein, hatte Marion gesagt, als wir das zweite Mal, bereits ein wenig vertraut, zusammentrafen. Es war vor dem Eingang zu einer Bar oder zu einem Club, dem »Mirror-Club« laut Überschrift. In den wenigen Außenaufnahmen, die ich von der Hauptstadt kannte, war dieser Eingang meiner Meinung nach nicht zu sehen gewesen. Vielleicht schätzen die Urheber solcher Aufnahmen das Interesse der Öffentlichkeit nicht immer richtig ein. In meinem Fall hätte eine Kenntnis dieses Clubs möglicherweise eine gezielte Handlung nach sich gezogen. Dagegen hatte ich von vornherein nicht vor, die durch zahllose Innenaufnahmen bekannten Gebäude und Säle aufzusuchen. Ein Lokal wie dieses erschien mir durchaus vielversprechender. Der Zufall konnte alles einschließen, auch den Blick auf die großen Gestalten, bei Pizza und Weißwein.
Dort drin wartet meine Mutter, hatte Marion gesagt

und an der Tür gezögert. So kurz nach unserem Kennenlernen fand ich eine solche Begegnung zwar überstürzt, andererseits gab es keine Zeit, meine Vorbehalte lange zu durchdenken. Das Lokal war in diffusem Halbdunkel gehalten, die Tischreihen zu holzumrandeten Kojen angeordnet, die Bar an einer der Längsseiten – keine aufregende Sache. Das sah ich mit einem Blick. An dieser Auffassung änderte auch das Spiegelsystem nichts. Der Trick ist totgeritten, der sollte aus dem Repertoire verschwinden. Marion suchte ihre Mutter. Ich habe keine Wahl, sagte sie, nach der Bürozeit muß ich noch diese Bar ertragen. Welcher Regierungsstelle mochte das Haus nahestehen? Jeden Abend die gleichen Gesichter, sagte Marion. Es waren überwiegend Männer, miteinander redende Männer im mittleren Alter und in ordentlichen Anzügen. Das mußte es für sie sein: zusammen sitzen und reden. Ich persönlich ziehe die Stehkultur vor. Auch sah ich in diesem Augenblick nicht einmal eine weitere Frau. Die Lebhaftigkeit des Publikums hielt sich in Grenzen, soweit mein erster Eindruck. Ohnehin hatte auf der Anreise niemand im Abteil diesbezügliche Aussagen oder gar nur die geringsten Hoffnungen gemacht.
Ich betrachtete Marion ein weiteres Mal. Wie gesagt, reizend, im engen Wollkleid, und seriös obendrein. Mehrere Männer guckten herüber zu ihr wie auf ein schwebendes Verfahren. Dort sitzt Mutter, sagte sie und wies unpräzise nach vorn. Aus dem realen und reflektierten Bildangebot fiel mir die füllige, in Blondtönen herüberschimmernde Frau auf. Sie war mehr als fünfzig Jahre alt und putzmunter, wie ich unschwer erkennen konnte. Sie redete auf zwei bei ihr hockende

Männer ein. Die beiden waren bemüht, das Gehörte lückenlos nach und nach einzuordnen. Unsere Vorstellung am Tisch beendete die konzentrierte Tätigkeit der drei. Die beiden Männer wußten, daß die Geschichte für sie nicht weitergehen würde, und verabschiedeten sich rasch. Vermutlich wußten sie dies aus dem Charakter des vorher Gesagten.
Nichts als Arbeit, sagte Big Mama zu mir gewandt, nur Arbeit, Arbeit und dann das.
Ohne Frage wollte sie das unverzüglich erzählen.
Alles ist furchtbar, alles. Offenbar faßte sie einen größeren Komplex vereinfachend zusammen. Auf dem Tisch standen Wodkagläser, Orangensaft und Salzgebäck. Ich habe gerade beschlossen, sagte sie leiser, mich scheiden zu lassen. Ich fragte, scheiden. Sie nickte, scheiden. Ich hörte das Schluchzen der Frau, die nun, über den Tisch gebeugt, nervös die Gläser drehte. Auf der Stelle verfiel ich in Ratlosigkeit. Diese Problematik war mir wenig vertraut. Warum mußte gerade mich an meinem ersten Abend in der Hauptstadt solch eine intime Mitteilung treffen? Warum mußte ausgerechnet ich in eine Beschlußfassung von so großer Reichweite hineinplatzen?
Die Situation erzeugte erneut ein undeutliches Gefühl des Mißfallens, mit dem ich bereits bei Betreten des Bahnhofplatzes zu tun hatte. Die Aufnahme von Marions Spur war eine Reaktion auf dieses Mißfallen gewesen. Doch Marion saß unbewegt dabei, als hörte sie etwas anderes aus im Haar versteckten Kopfhörern. Offenkundig waren weder sie noch ich für den Empfang einer Scheidungsnachricht geschaffen. Das war kein Thema. Keine Ehe, keine Scheidung, soweit

meine Einschätzung. Dennoch geriet ich in einen kleinen Gedankensturz wie kurz vor dem Einschlafen. Was sollte ich dazu sagen? Wie konnte ich die Zukunft dieser so gut wie geschiedenen Frau über fünfzig ein bißchen erhellen? In dem Moment legte mir Big Mama einen schweren Arm auf die Schultern, laut und heiter sagte sie, keine Sorge, junger Mann, es ist bereits das fünfte Mal.

Tatsächlich wich meine Bereitschaft, mir um sie Sorgen zu machen. Sie lächelte nun wie auf einem Fototermin und orderte neue Smirnoffs und Orangensaft. Sie berichtete in Fragmenten über ihre Eheverläufe, verständlich an so einem Abend. Wir numerierten sie durch. Sie pries mehrmals einen bestimmten Partner, den ersten. Eine seiner Beschäftigungen war das Rosenzüchten, eine heute nahezu versunkene Tätigkeit. Er hat mir Perspektiven gegeben, sagte sie, und alle späteren haben davon profitiert. Ich fragte, wie profitiert. Der hat einiges ausgeklügelt, sagte sie, für die anderen wurde das ein guter Job. Das hörte ich nicht zum ersten Mal. Es ging weiter mit dem aktuellen Fall, einem Verbrecher, einen Hundesohn nannte Big Mama ihn. Er sollte für sie die Stellung in einem nahen Industriezentrum halten. Er hatte dort seine Aufgaben, sagte sie, und was tut der Mensch? Sie kramte einen Zettel hervor. Das ist eine Hotelrechnung, ausgestellt auf uns, aber aus seinem Anzug. Sie war an jenem Abend nicht mit ihm im Hotel. Daraus ergab sich alles Weitere. Jan wurde zu ihm geschickt, um die Einnahmen und den brandneuen Mercedes zurückzuholen. Zu spät. Der Ehemann hatte die letzte Stunde Verfügungsgewalt vollständig genutzt. Mit meinem Mercedes ist er weg, wiederholte sie klagend, mit meinem brandneuen Mercedes. Auch in diesem Punkt konnte ich ihre Verzweiflung nicht wirklich teilen. Der betreffenden Fahrzeugmarke gegenüber bewahre ich seit Jahren größte Zurückhaltung. Doch es ging Big Mama nicht so sehr um den materiellen Verlust, das war deutlich. Es war der Biß in ihr Gemüt, der sie schmerzte. Sie brauchte eine sie selbst überzeugende Handlung, um ihr Gleichgewicht zurückzugewinnen. Oder zumindest das begleitende Gefühl einer angestrebten Handlung. Kann denn nicht, legte ich ihr in diesem Sinne nahe, jene Scheidung den Beginn einer neuen Ehe bedeuten? Sie kann, sagte sie, und ich überlege auch schon, wie.

Anderntags erwache ich mit einem kleinen, schwachen Kater, einer Art Kinderkater. Mit dem sitze ich in meinem billigen Hotelzimmer. Diese schlichten Zimmer sind Räume der Phantasie und Träumerei, der überflüssigen Qualen. Und doch sind auch sie voller harter Information. Wiederholt betrachte ich zwei Reproduktionen, die im Erker zwischen Bett und Fenster hängen. Aus zwei Blickwinkeln zeigen sie Gasse, Vorplatz und Hausfassade, so wie sie vor einem kürzlichen Umbau ausgesehen haben. Wenn ich die Fotos mit dem jetzigen Zustand vergleiche, wird erkennbar, daß hier private und öffentliche Initiative für eine Neugestaltung des Eckchens gesorgt haben. Der Umbau ist offenbar nicht für jeden zur reinen Freude geraten. Ich nehme die schön gerahmten Erinnerungsbilder als unbeabsichtigten Beweis für meine Annahme.

Auf dem Nachttisch finden sich die üblichen Hinweise für die Verkehrsverbindungen. Die exakten Zahlenkolonnen der Bahnfahrpläne werden nicht als Auskünfte über die einstigen Verhunzungen des Stadtbildes durch Trassenlegung und Gleisbauten begriffen. Auf lange Sicht profitiert die Bahn von einer allgemeinen Vergeßlichkeit. Die Leute dort wissen übrigens nicht, wo ich mich befinde. Dies ist kein Vertragshotel. Es ist der Bahn auch nicht von Nutzen, wenn ich die voraussichtliche Dauer des Aufenthalts mitteilte. Im Gegensatz zu den Fluggesellschaften verlassen sie sich dort auf grobe Schätzungen der Reisewilligen. Die Zeit übernimmt eine regulierende Funktion. Die Woche hat, auf meinen Fahrschein bezogen, lediglich sechs Tage.
Aber diese aufleuchtenden Nachbilder von weiblichen Körperteilen müssen irgendwann verschwinden. Das sage ich mir immer wieder. Mein Erinnerungsvermögen kann speziell auf diesem Gebiet Ungeheures leisten. Da sind Bilder von traumhafter Deutlichkeit, Freßpakete für die Ewigkeit. Die Versuche, eine Ordnung in jene Dinge zu bringen, mindern die Konzentrationsfähigkeit erheblich. Um nicht vollends auf historischem Boden abzudriften, ergänzen wir das erinnerte weibliche Nachbild mit dem Nachbild des amtierenden Regierungschef. Eine einfache wie nützliche Collage zum Selbermachen, in die sich im Augenblick ein schmaler Streifen von Marions Rücken hineinschiebt, den ihr hochrutschender Pullover freigibt.
Immer die gleiche Geschichte. Es gibt doch weiß Gott Dringlicheres, das ist der Kern meiner Selbstermahnung. Außerdem bin ich nicht im vollen Wortsinn scharf auf Marion Mäuschen. Wir befinden uns in der

mittleren Reichweite und haben ein kleines Umfeld, nicht mehr und nicht weniger. Es ist eine Gelegenheit, sagen wir einmal. Zwei Abende sind allerdings in dieser Hinsicht ohne Taten verstrichen, während sich in anderer Hinsicht bestimmte Momente bereits wiederholen. Ich habe den Zweitaktrhythmus zwischen der Geschäftsstelle und dem Mirror-Club auch aufgenommen. Wir beobachten uns wechselseitig. Ich bin darin aktiver in der Geschäftsstelle, sie ist aktiver im Club, ohne daß wir voneinander wissen, wo die Aspekte dieser Aufmerksamkeit liegen. Die Blicke vertiefen etwas, das einer Erhellung bedürfte ... Ich muß darauf achten, daß meine Fragerei nicht in einen unwillkommenen Gegensatz dazu gerät. Ich versuche es mit Witzen über die zahlenden Klienten. Über das offizielle Leben ringsum verliere ich natürlich kein Wort. Trotz dieser Verweigerung hält Marion mein Maß an Opposition nicht für ausreichend. Deine Aufnahmefähigkeit übersteigt deine Kritikfähigkeit um ein Vielfaches, so trifft sie auf einen Nagel in meinem Kopf. Das kann sich möglicherweise auf Big Mama beziehen, beziehungsweise auf das, was Big Mama jenseits ihrer vordergründigen Aktivitäten zu verbergen hat. Doch bei meinen lückenhaften Kenntnissen entrückt das Treiben in der Geschäftsstelle in irreale Dimensionen ... Verrückt ist das, was dort läuft. Und du, Marion Mäuschen, du weißt etwas, was ich nicht weiß, und versäumst jede Gelegenheit, mir weitere Hinweise zu geben. Gestern abend, als ich betrunken war, hättest du spüren müssen, wie zusehends offener und ergiebiger ich wurde. Wo kommen denn die Kinderpokale her, oder wofür sind sie gedacht? Und wohin kippt ihr jeden Abend euren Schubladeninhalt? Okay, Geschäft ist Geschäft, und die Geheimnisse der Steuer existieren ganz bestimmt. Aber in einigen Stunden werde ich wieder an deinen Lippen hängen. Ich werde vollkommen konzentriert sein und denken wie du, Marion, zuerst kommt die Liebe und viel, viel später die Industrie.

Am Nachmittag klettert Big Mama hinter ihrer alten Rank Xerox hervor und kündigt an, kommt bitte nachher in den Club, ich habe euch eine Mitteilung zu machen. Ich denke, warum so förmlich, wohin denn sonst, wir sind jeden Abend im Mirror. Das heißt, für Julie hat die Ankündigung keine Gültigkeit. Ihr Tätigkeitsbereich liegt ausschließlich in der Geschäftsstelle. Sie wirkt wie eine Idealbesetzung für den Schreibtisch, die Klienten ziehen die scheinbar unbeteiligte, beiläufige Behandlung durch sie meistens vor. Das ist ein Beispiel für weniger interessante Überlegungen. Mit Julies Hilfe habe ich keinen Moment gerechnet. Wenn der Nachmittag lang wird, drückt Big Mama mir einen Hunderter in die Hand, hole mir bitte eine Flasche Smirnoff. Der Laden hat zu viele Augen, sagt sie. Was bedeutet ihr diese Trennung? Gestern hat sie unentwegt geklagt und heute äußerst sie sich nicht mehr dazu. Gestern hat sie das traurige Ende einer gelungenen Kombination bejammert, heute ist die Sache durch. Der Gemütswert des Begriffs Scheidung besitzt für sie offenbar größere Dehnbarkeit. Wenn ich ihr das Wechselgeld zurückgeben will, dreht sie abrupt, aber lächelnd ab und verschwindet hinter der Maschine.

Auf dem Weg zum Club streife ich die Ostecke des Bahnhofsplatzes. Selbst am Vorabend ist es noch unglaublich hell. Heute ist der hellste Tag des Jahrhunderts, sagt ein vor mir wartender Greis im Getränkemarkt. Tatsächlich haben die Bilder dieser Tage die scharfe Brillanz von Übertragungen auf japanischen Farbfernsehern. Die ferne Sprache solcher Bilder ist seltsam vertraut ... Vor dem McDonald's Restaurant versammeln sich einige Leute, die einer Folklore-Veranstaltung zuschauen. Eine gemischte Trachtengruppe nutzt die günstigen Lichtverhältnisse und tanzt zu Musik aus Lautsprechern. Ich blinzele zu ihnen herüber, als ob ich die Veranstaltung dadurch herabsetzen könnte. Immerhin entdecke ich Jan. Als ich an seinem Ärmel ziehe, geht er unverzüglich mit mir weiter. Ich sage ihm, ich will in den Club. Er bietet an, mich hinzufahren. Ich mag die Leute im Mirror nicht, sagt er, mein Bier trinke ich lieber woanders. Im Auto greift er ein Dosenbier vom Rücksitz. Bis zur Sitzbankhöhe ist hinten der Boden voll mit geleerten Bierbüchsen. Wie ich sehe, werden die meisten nach dem Austrinken noch gewürgt, bevor sie zerquetscht bei den anderen landen.

Jan, sage ich, ich bin mittendrin in der Geschichte und weiß von nichts.

Was redest du da, blockt er ab. Mit der linken Hand hält er Büchse und Steuer gleichzeitig, mit der rechten schiebt er eine Kassette in seinen Autorecorder. Die Musik platzt so laut in den Fond, daß die Stadt sich augenblicklich ins All zurückzieht. Ich würde gern wissen, was hier gespielt wird, rufe ich. Kuhl und die Geng sind das, verstehe ich. Was sind das jeden Tag für

Leute, will ich wissen. Das weiß der Teufel, Jan zieht einen Mundvoll aus der Büchse, von der Straße kommen die. Und die Scheinchen, wo kommen die her, wo gehen die hin, frage ich weiter. Mein lieber Mann, sagt er, wenn ich das Geld machen würde, wüßte ich, was ich damit anfange. Oder? Wir stehen vor dem Club. Jan regelt die Musik herunter, um mich in Ruhe aussteigen zu lassen. Merkwürdigerweise haben wir beide gleichzeitig das Bedürfnis, uns lange und ernst anzuschauen. Als ich mich abwende, bin ich einmal mehr davon überzeugt, daß es zweifellos etwas sehr Ermüdendes ist, in fremden Gesichtern lesen zu wollen.

Möglicherweise übertreibe ich mit meinem Interesse an der Sache. Wie oft gehe ich an solchen Ladenbüros achtlos vorbei. Wochenlang registriere ich keine der zahlreichen Bewegungen des Immobilienmarktes in meiner unmittelbaren Umgebung. Die Möglichkeiten im Erkennen kompliziert genutzter Objekte sind begrenzt. Sie erschöpfen sich im Entziffern neuer Schrifttafeln, im Buchstabieren bislang unbekannter Kombinationen von Großlettern auf Metall ..., und doch gibt es immer wieder den Willen zu erklären. Dieser Wille zur Erklärung erscheint unterwegs in fremden Städten eigenartigerweise noch verstärkt. Das muß der Grund dafür sein, daß ich heute eines der Info-Blätter aus der Geschäftsstelle entwendet habe. Leider variieren die neuen Daten die vorherigen nur wenig, soweit meine Erinnerung nicht trügt. Sie lauten

1. Von Weg	19 500 Pte.
2. Helmut	18 000 Pte.

3. Effjot	17 500 Pte.
4. Hans	17 000 Pte.

und so weiter, und so fort. Der Stand der Dinge, nehme ich an. Der Wisch ist unterzeichnet, wie ich diesmal sehe, das war's für heute, Ihre Schwestern vom Rote Rosen Tempel Numero Zwei. Nichts deutet darauf hin, aber ich hocke seit Tagen im Rote Rosen Tempel Numero Zwei. Kennt den vielleicht jemand? Seine Betreiber legen es nicht gerade darauf an. Wer eine Vervielfältigungsmaschine benutzt, will den Informantenkreis von vornherein klein halten, das ist klar. Aber ebensowenig ist er verschlossen, daß ihm Geheimniskrämerei angehängt werden könnte. Ich untersage mir jede Anspielung auf Schwestern, Rosen und ihre Geheimnisse, als ich Marion an unserem Tisch im Mirror entdecke. Die Art und Weise, in der ich mich hinzusetze, ist von viel entscheidenderer Bedeutung. Wozu lange mit Namen aufhalten?
Dem Wunsch nach erotischer Gradlinigkeit stehen oftmals Hinderungen entgegen ... Hinderungen von verwirrender Eigendynamik. Die Angelegenheiten ziehen sich wenig erbaulich in die Länge. Ich hatte Big Mama vergessen. Sie zwängt sich in unsere Koje. Ich muß mit ihr zwei doppelte Smirnoff trinken, auf die Zukunft, meint sie strahlend. Ich habe ein Telegramm an Henry, meinen Gürtler, geschickt, sagt sie. 24 Stunden gebe ich ihm Zeit. Ich frage, Zeit wofür. Er soll herkommen und mich heiraten, seit dreizehn Jahren wartet er darauf, und morgen, keinen Tag später, bin ich bereit für ihn. Nach so langer Wartezeit, denke ich, ist Henry nicht unbedingt frisch. Mann oder Maus,

lautet die Frage auf dem Telegramm, sagt sie, und er wird kommen, wenn er ein Mann ist. Das wäre vermutlich die angekündigte Mitteilung. Ich habe sofort meine Zweifel. Augenblicklich sehe ich die tragische Seite der ganzen Angelegenheit. Warum tue ich das? Es ist ein verflucht lästiger Impuls, die Pläne anderer zu durchdenken. Das erkenne ich immer wieder. Eine Kleinigkeit, sagt Big Mama ohne Mangel an Überzeugung, nicht einmal eineinhalb Flugstunden sind es bis hierher. Ein neuer Lebensbund steht auf dem Programm, Henry heißt der andere Teilnehmer, und die Interessen ergänzen sich, basta. Marion setzt einstweilen ihr neutrales Kopfhörergesicht auf. Ich deute dies als Zeichen ihrer Reserviertheit gegenüber der optimistischen Ankündigung ihrer Mutter. Einer optimistischen Ankündigung, der, wie ich jedenfalls finde, durchaus etwas Zwanghaftes innewohnt.

Wer ist dieser Henry, fragte ich Marion später. Wir saßen in ihrer Hälfte des Doppelappartements, sehr bescheiden möbliert, Sessel-Tisch-Kombination, schmales Bett sowie die Tür zu Big Mamas Zimmer. Soweit die äußeren Bedingungen. Unverzüglich mit Marion auf das Bett hinüber zu wechseln war meine Absicht, doch gleichzeitig lief ihre Mutter im Nebenzimmer geräuschvoll hin und her, eine in dieser Nacht verständliche Nervosität, die mich nicht unbeeindruckt ließ. Meine Irritation wurde nicht geringer, als Marion sich auf die Bettkante hockte und mit einem Griff ihren Haarschopf vom Kopf zog. Zweifellos war das ein Überraschungseffekt, eine weitere Prüfung meiner Geistesgegenwart ... und doch handelte es sich nur um einen jener Vorfälle, die bereits im nächsten Moment eine Erklärung finden. Die brauche ich für meinen Job, sagte sie, mit Perücke wirke ich einfach seriöser. Aus dem Handgelenk wirbelte sie das Ding und warf es über mich hinweg. Offenkundig hatten wir eine Situation herbeigeführt, der wir gerecht werden wollten. Die Vorfreude dabei, einen Schatten der Ereignisse, habe ich immer als persönlichen Feind begriffen ... So fühlte ich mich keineswegs sicher, als ich Marions Kopf zu mir herüberzog, einen haarlosen, glänzenden Mädchenkopf, der sich widerstandslos meiner Bewegung anpaßte.

Ohne erkennbare Anzeichen von Aufregung erscheint Big Mama anderntags in der Geschäftsstelle. Obgleich ich ihrem Hochzeitsgeraune nur Skepsis entgegenbrachte, beginnen meine Gedanken sich mehr und mehr auf Henry zu konzentrieren. Ich bin diese Art Neugier ganz und gar nicht gewohnt. Mit Unwillen denke ich an gestern nacht, weil mein Interesse an Henry verschiedentlich im unpassenden Moment hochgekommen war. Er kommt jedenfalls aus dem Süden, wenn er kommt. Aus einer Gegend, meint Big Mama, wo man sich noch auf die Pokalherstellung versteht. Und wo man das auch allgemein zu schätzen weiß. Schau sie dir an, sagt sie, sind sie nicht wunderschön. Ich versuche schnell nachzufassen, für wen sind die eigentlich gedacht? Du kannst fragen, für die Sieger, für wen sonst? Weiterer Erläuterung bedarf es nach ihrer Meinung nicht. Das Land, denke ich, wird von zahllosen Gewinnsystemen durchzogen, und dies hier ist eines davon. Aus den Teilnahmebedingungen ergibt sich jeweils der Rahmen der eigenen Mitwirkung, anders ist das nicht zu sehen. Ein neuer Tag, 'ne neue Mark, fertig. Ich kann Henry nicht ausstehen, hatte Marion gesagt, eine schmierige Type, unter Garantie macht er die Pokale nicht mit eigenen Händen. Solche Aussagen von ihr wundern mich nicht mehr. Ich habe ein Gefühl für die Härten entwickelt, denen sie ausgesetzt ist. Ihre Mutter hat sie zum Flughafen geschickt, um die stündlich einkommenden Maschinen aus dem Süden auf Henrys Ankunft hin zu prüfen. Eigentlich bin ich sogar froh über Marions Abwesenheit. Ich weiß einfach nicht, was sie wirklich von meiner nächtlichen Eindringlichkeit hält. Im übrigen wird weiterhin kräftig eingezahlt. Julie kann mühelos beide Schubladen füllen. Wenn dort nichts mehr hineinpaßt, stopft sie die Scheine in bereitstehende leere Behälter für Waschpulver, bunte Pappeimer fürs Geld, praktisch und unauffällig.

In die Falten meines Staubmantels gesunken, die Arme brav aufgestützt, beobachte ich Big Mama vom Tresen aus. Die Barkeeper kennen das. Ich greife ein erstes Budweiser und muß annehmen, die Sache ist vollkommen offen. Keine Nachricht bis jetzt von Henry oder Marion. Gegen neun Uhr wird die letzte Abendmaschine aus dem Süden fällig. Es ist gegen neun Uhr. Big Mama führt an ihrem Stammtisch eine ihrer üblichen Unterredungen mit drei Herren des hier dominierenden Typs. Aus mittlerer Entfernung betrachte ich diese Frau unter dem Aspekt der besonderen Bedeutung des heutigen Tages. Bei aller Sympathie habe ich erhebliche Hemmungen, mir vorzustellen, gleich beträte einer die Bar mit ihrem Telegramm in der Hand und sagte sein Ja-Wort. Und doch geschieht so etwas immer wieder. Auf alles gefaßt sein, gerade bei jemandem wie Big Mama, heißt die Devise, alle möglichen Tricks sind denkbar ... Tatsache ist, daß sie meinen brütenden Blick mit einem schmalen Lächeln kontert, ohne ihrer Unterredung auch nur den geringsten Teil Konzentration abzuziehen. Und das will etwas heißen, nämlich, daß ich nicht an ihren Tisch kommen soll, und daß sie sich durchaus freut, später mit mir zu sprechen. Ihre kleinen Verhaltensregeln verstehe ich bereits erschreckend gut.

Für Momente bin ich derartig gespannt, als würde ich selbst im Mittelpunkt des erwarteten Besuchs stehen. Ich warte im Ernst auf einen Mann, der gar nicht meinetwegen kommt. Wieder im Mirror diese absurde innere Aktivität und Teilnahme an den Ereignissen. Es besteht ein ausgesprochener Widerspruch zwischen dem Wunsch nach mehr Aufschluß und der stillen Verzweiflung des nächsten Augenblicks. Ich vergesse, daß ich nur der Sklave meiner eigenen Aufmerksamkeit bin ... ohne die geringsten Möglichkeiten des Eingreifens. Ich tue gar nicht mit und kann doch auf eines nicht verzichten. Darauf, wie die Sache weitergeht.

Als die Tür geöffnet wird, sehe ich, wie Marion einen übergroßen, voreilig rundum lächelnden Mann in den Clubraum schiebt. Die meisten Gäste nehmen das, wie ich feststelle, in kontrollierter Weise wahr. Ich bemühe mich, den Auftritt mit aller Fairneß zu betrachten. Der auf den ersten Blick ordentlich gekleidete Mensch muß Henry sein. Trotz seiner akkuraten Erscheinung hält mich irgend etwas davon ab, ihn als gutaussehenden Mann zu bezeichnen. Seine Bewegungen und sein Beinstellungsspiel sehen in meinen Augen keineswegs heiratsfähig aus. Der paßt einfach nicht in seine Hosen, das ist es, was ich meine. Er neigt nun den Kopf zur Seite, lächelt weiterhin und streckt Big Mama frühzeitig, vielleicht zu frühzeitig, die Arme entgegen. Er erreicht ihren Tisch, steht dort leicht schwankend als hätte er Wurst in den Adern. Ich will nicht unhöflich sein und den beiden direkt zuschauen. Bei meinen Eindrücken muß ich mich demnach auf die Spiegelbilder der Mirrordekoration verlassen. Die Begrüßung des Paares beginnt täuschend schwungvoll, bleibt verbal aber eher knapp. Henry wird durch die Zeremonie einige Male um die Achse gedreht und gelangt rascher als durch eigene Kraft an die Bar, wo er eine Reihe von Kurzgesprächen aufnimmt, nur wenige Sitze von mir entfernt. Zum ersten Mal bemerke ich Unsicherheit bei Big Mama. Für die heutige Nacht mit Henry, sagt sie mir, habe ich an das Interconti gedacht. Dagegen ist nichts einzuwenden. Sie braucht nur noch die kleine braune Tasche mit ihrem Négligé. Wie ich erfahre, ist sie schon gepackt.

Der Bahnbeamte addiert zum Anreisedatum auf meiner Fahrkarte die Zahl Sechs und vergleicht sein Ergebnis sekundenschnell mit der Ziffer des heutigen Tages. Die auffällige Unterschreitung der Gültigkeitsdauer von minus Eins oder Rest Eins kommentiert er mit keinem Wort. Routine ist eine der Haltungen, Situationen zu meistern, in denen eine Erklärung uner-

wünscht ist. Ebenso bleibt sie eine der möglichen Haltungen für Situationen, die sich einer befriedigenden Erklärung widersetzen. Am Vormittag hatte ich die Geschäftsstelle geschlossen vorgefunden. Noch einmal hatte ich die Kinder-Pokale betrachtet, die hinter der Glasfront in Reihe und Gruppe aufgebaut standen. Durch die angeschmutzte Scheibe schimmerten sie matter, aber doch mit dem eigentümlichen Glanz eines geheimnisvollen Völkchens, in freundlicher Bereitschaft auf Gewinner wartend.
Im Abteil sitzt mir ein Mann in Blazer und karierten Hosen gegenüber. Ich beobachte ihn nach Mitfahrerart. Die meiste Zeit schaut er aus dem Fenster. Könnte das der Mann sein, der Big Mama den Mercedes abgezockt hat? Oder ist er vielleicht einer, der irgend etwas über den Rote Rosen Tempel Numero Zwei erzählen könnte? Nachdem die Stadt eine Weile hinter uns liegt, sagt der Mann, die Landschaft dort draußen, verzeihen Sie, erinnert mich sehr an Oklahoma. Ich schaue hinaus auf die platten Äcker und das regenfeuchte Grün. Das kann gut sein, antworte ich, warum nicht, Oklahoma.

Neues vom Sheriff

Nachtdienst im Präsidium. Nur wenige Arbeitsplätze im Wachraum sind besetzt. Mit zwei Fingern tippt der Sheriff an einem Bericht. Ein Maestro war ermordet worden. Die Tatwaffe ist ein Messer, das einem jungen Mann gehört, der im Konservatorium des Mordopfers verstört aufgefunden wurde. Der junge Mann sitzt jetzt unten in einer Zelle, vor Sheriff Meckleut liegt eine Violine. Drei Gestalten werden an den Schreibtisch des Sheriffs geführt. Sie sind mit Instrumentenkästen behängt und hantieren aufgeregt umständlich damit. Mehrmals beteuern die drei, wir sind ein Quartett und brauchen den vollkommen unschuldigen Jungen. Meckleut hat Sympathie für das Quartett.
Am Morgen erscheint der Leutnant, ausgeschlafen wie ein Baby. Er lobt den Bericht des Sheriffs als überaus klar. Meckleut meint, irgendwie zu klar. Er geht mit der Fiedel hinunter in den Kellertrakt. Das ist eine Violine, sagt der Junge, ohne sie bin ich ein Nichts. Der Maestro, früher ein Russe, hatte dem Jungen alles bedeutet. Spielen Sie mir etwas. Kennen Sie die dreizehnte Sonate von Boronin? Spielen Sie mir die. Gut, spielen Sie nur den dritten Satz, sagt Meckleut, dabei wird mir immer sehr seltsam zumute. Der Junge hebt an mit einem interessant zwischen den Stilen interpretierten Solo in d-Dur. Aber es ist Boronins dreizehnte. Gegen Ende Beschwerdeschreie aus den anderen Zellen. Der Geiger erzählt, daß er seit einer Woche von einem Mann mit grünem Hut verfolgt wird. Wie haben Sie das gemerkt? Weil ich mich immer umdrehe

auf der Straße, seit Jahren schon, seit die Brüder Herzberg mich mit Schneebällen beworfen haben, da waren Steine drin. Ethnologisch interessant, aber hilft das weiter? Der Sheriff fand in den Akten nur eine Geldstrafe für den Jungen. Wegen nächtlichen Pinkelns auf den U-Bahngleisen, als einziger wartender Fahrgast auf der Station von einem Kontrolleur durch ein in der Wand verborgenes Guckloch erfaßt. Es zog furchtbar, sagt der Geiger, und plötzlich legte mir der Kontrolleur seine Hand auf die Schulter, Sie können ruhig zu Ende machen, das kostet Sie sowieso eine Stange.

Meckleut sitzt nach Dienstschluß an der langen Theke in der Bar zum Leeren Gerede, umgeben von einer kleinen Auswahl Mieter aus seinem Haus. Sie kommen aus den Stockwerken sieben bis sechsundzwanzig, die unteren werden gewerblich genutzt. Helen ist oft in der Bar. Sie arbeitet als Pianistin in einer Filiale der Landeskreditbank, irgendwo im Dreieck unterhalb der Kanalstraße. Mit meinem schwarzen Flügel, erzählt sie, klimpere ich Steine weich, morgens Gershwin, nachmittags Satie. Sie lobt die einmalige Akustik der hochgeschwungenen Halle, die schlicht ideale Situation, denn, so sagt sie, wo gibt es ein treueres Publikum als in einer Bankschalterhalle?
Kim, der Barmann, lacht: Hier.

Noch am Nachmittag eilt Meckleut zu den Fakten. In einem schütteren Gebäude wird hart geprobt, getrennt nach Disziplinen, angeleitet von einer älteren Dame, der Schwester des Maestros. Keine Auskünfte, erklärt sie, wir wollen die Arbeit in seinem Sinne fortsetzen.

Die Mädchen tanzen wunderbar. Der Parkettboden nimmt die Kraft ihrer Beinschwünge auf. Der Sheriff steht im Konservatorium wie überall sonst in Westernstiefeln, paspeliertem Jackett, mit einer dünnen, ledernen Schleife am Hemdkragen, dem Texashut und einem anteilnahmevollen Gesichtsausdruck nicht von dieser Stadt. Ein junger Herr im Einheitsgeschäftsanzug zieht ihn in einen Büroraum. Sehen Sie, es lief nicht gut hier zuletzt. Wer weiß, ohne Spenden für uns ginge wahrscheinlich gar nichts mehr. Unser Maestro, Blick auf die Fotografie an der Wand, hatte eher Gönner, aber keine Feinde. Ich verstehe das alles nicht, sagt der Büroherr. Der Sheriff ist in diesem Fall skeptisch. Der Tod jedoch, sagt er, ist nun einmal das Ende aller Mehrdeutigkeiten.
Zu Hause vorm Fahrstuhl trifft Meckleut auf Helen. Sie drückt für ihn die Ziffer achtzehn und für sich die Ziffer neunzehn. Du kennst doch Peter, den kleinen Jungen von meinem Flur, sagt sie, acht oder neun Jahre alt ist der. Er spaziert oft außen über die Simse, bei mir die Fensterfront entlang und wieder zurück bis in sein Kinderzimmer. Ja Wahnsinn, sagt Meckleut, der hat sogar schon bei mir reingeschaut. Kennst du auch die Katze von den Leuten, fragt Helen, eine schwarz-weiß gescheckte? Die ist gestern vom Sims hinabgestürzt. Meckleut zeigt beim Aussteigen nur ein Lächeln, ein Lächeln nicht von dieser Stadt.

Das Quartett, dem Konservatorium noch lose verbunden, betreibt ein Café. Der Sheriff erscheint. Die drei stimmen sich ab. Der Bratschist tritt mit Brille und Brötchen in den Händen vor. Diese Spenden kommen erst, seit der junge Büroherr im Hause ist, und der ist ein Anwalt, privat für den Maestro – und beruflich für den Herrn Mister Schulzki, einer Art Unternehmer. Das Café füllt sich. Wir stehen in dem Ruf, ein Künstlerlokal zu sein. Viele Ausländer kommen, Deutsche, erzählt er. Sie haben einen erhöhten Grad an Aufmerksamkeit, eine arhythmisch, verdeckt aggressive und doch wieder gehemmt vorsichtige Rezeption der unmittelbaren Wirklichkeit, wunderschöne Augenblicke der Unschlüssigkeit entstehen unter diesen Repräsentanten einer perfekten Stehkultur, voller Forderungen dabei an ein fremdes Sozialsystem, voller Verlangen nach Privatheit, Authentizität und so weiter, nach erotischer Befrachtung möglicherweise, aus ihren glühenden Köpfen produzieren sie eine Atmosphäre von Abenteuer und Burletta, durchwirkt von der Angst vor Aufdeckung oder Mißachtung ihrer Persönlichkeit als diesem Lebensraum nicht tatsächlich Angehörende, und durchwirkt von der Angst, Verhaltensfehler zu begehen, die einer Begegnung mit dem Geheimnis dieses Lebensraumes, oder wenigstens der Aufnahme einer in jedem nächsten Moment möglichen, erkennbar dorthin führenden Spur letzten Endes hinderlich sein könnten. Die beobachtende Teilnahme daran, meint der Bratschist, gilt den Einheimischen als sicheres Vergnügen – dazu kleine lusitanische Küche.

Meckleut nimmt ein Selters und denkt, Mister Schulzki und der Maestro, wo liegt die Verbindung.

In der Kartei des Konservatoriums findet er hohe Spendenquittungen des Schulzki. Die ältere Schwester bittet ihn nun doch in ihre mit osteuropäischen Antiquitäten ausgestopfte Wohnung und enthüllt die Existenz eines zweiten Bruders. Der hat die Stadt vor langer Zeit verlassen und ist erst, benachrichtigt vom Tod des Maestro, zurückgekehrt, hält sich jedoch in einem Hotel versteckt. Aus einer gegenüberliegenden Drogerie beobachtet der Sheriff das Hotel. Neben dem Hotel empfängt ein Kino die traumlange Schlange Einlaß Begehrender. In knappen Tanzschritten lösen sich Dunkelfarbige und kassieren bei Passanten Teilbeträge für das notwendige Eintrittsgeld. Er sieht die Reihe sich langsam in einer Zeit-Geld-Choreographie auf die goldleuchtende Eingangshalle zuzubewegen, als ihn der Sicherheitsbeamte antippt, wir schließen jetzt, Sie können gehen. Meckleut schaut zur Uhr, viertel nach drei, die Drogerie ist gut besucht.

Warum haben Sie vor zwanzig Jahren die Stadt verlassen, die Frage an den Bruder. Darf ich in Zitaten antworten. Es gab Sachen, die ich nie verstand, was das Pflaster grau macht und was die riesigen Denkmäler am fernen Horizont hin und her schwanken läßt, unentwegt hin und her am fernen Horizont, und was das Herz stillstehen läßt, und wieso Einhorne auf Tapisserien eingefangen werden. Gut, gut, sagt der Sheriff, und Schulzki? Der Bruder des Maestro zögert. Jung wie ich war, verstand ich nichts von der überall herrschenden Gleichzeitigkeit, sagt er, alles kam fortwährend zu Selbstbewußtsein, alles existierte für sich allein. Nur einen Moment erfaßte ich damals vollkommen, und der sah aus wie Mord, und das war Schulzki.

Der Taxifahrer trägt ein Haarnetz, das seine Mähne von Schultern und Rücken fernhält, sie in einer Nakkenrolle zusammenfaßt. Die Trennscheibe ist geöffnet. Was machen Sie so beruflich, fragt der Sheriff mit ortsfremder Naivität. Ich bin Musiker, der Fahrer tastet einen neuen Sender ein. Kennen Sie Boronin? Im Luftzustandsbericht wird die Luft als heute akzeptabel bezeichnet. Mit dem Lift geht es hoch bis ganz oben. Auf und unter dem Dach wohnt Schulzki in deutlich sichtbarem Reichtum. Der Typ Unternehmer, überlegt Meckleut, der abseits von Wirtschaftsstatistiken im Morgenmantel oder Tuxedo vorstellbar bleibt. Der Typ blättert in einem Monatsmagazin für Filmregisseure. Also bitte, Sheriff, ich habe nur eine einzige schlechte Angewohnheit, sagt er, ich muß mit jeder Frau ins Bett, hahaha, zeigt auf die beiden bereits vorhandenen, aber das interessiert die Polizei doch nicht, hahaha. Nein, mich interessiert der Maestro. Wer ist das, was soll das, Schulzki schickt die beiden Frauen hinaus. Dirigenten kenne ich nicht, Dirigenten kann ich gar nicht kennen. Der Sheriff muß aufs Ganze gehen. Sie wollen Hafenkommissar werden, ein schönes Amt, ein hohes Amt. Aber da wäre noch eine hinderliche Kleinigkeit. Der verschollene Bruder des Maestro hätte vielleicht noch etwas zu erzählen, der mußte irgendwie hierher zurückgelockt werden. Schulzki springt auf, stumm. Meckleut vollendet seine Theorie, ... der Maestro selbst also war die letzte verbleibende Möglichkeit ... Schulzki nimmt wieder Platz, tobt im Dreieck seiner Sitzgarnitur, die beiden Frauen kehren zurück. Ich nehme Ihnen den Stern ab, ruft Schulzki, ich mache Sie zum Kaufhausdetektiv.

Sie sind erledigt, Mann, verschwinden Sie, ich erwische Sie noch, ich erwische Sie bestimmt.
Im Regen Rückfahrt durch die halbe Stadt. Der Wagen donnert ohne Tempoverlust über die mit Stahlplatten für die Nacht bedeckten Straßenbaustellen. Als Gegenleistung verlangt der Fahrer des Taxis ein Autogramm für seine Tochter. Sheriff Meckleut überkommt in seinem Appartement große Wut, er greift wahllos zu, muß Druck ablassen. Er reißt sein Fenster auf und schleudert einige Bücher vom Regal in die Tiefe – alles Titel, die ihm den Ort vertrauter machen sollten. Dann fährt er hinunter, weil er unbedingt einen Pausendrink braucht, drüben im Leeren Gerede.

Hallo Meckleut, grüßt Kim, der Zapfer, paß auf, wenn du über die Straße läufst – dort oben dreht mal wieder einer durch und schleudert seinen Kram aus dem Fenster.

Gemachte Männer

Meine Existenz verknüpft sich in zunehmendem Maße mit derjeniger bestimmter staatlicher Stellen. Der Brief, den ich heute morgen von den Behörden erhalten habe, ist nur ein weiterer Meilenstein im Zuge dieser Entwicklung. Als Elle zum Frühstück vorbeikommt, unterlasse ich jeden Hinweis auf die neuesten amtlichen Angebote. Auf keinen Fall will ich sie mit solchen Dingen beeindrucken. Wir beobachten einen Mann in einem Baukran vor dem übernächsten Haus. Verdammt hoch, sage ich, was macht der Mann dort oben. Sie interessiert sich wieder für den angesammelten Posthaufen. Der Mann hat die haushohe Spitze innerhalb des gelben Gerüstes erreicht. Elle schlägt die Spitze ihres Vierminuteneis wie gewohnt unnachahmlich graziös ab – schon denke ich an jene Vorhaltungen, die zweifellos in jedem Moment von ihr formuliert werden können. Jetzt sehe ich, was der Mann macht. Er baut völlig allein den Kran langsam ab, die Teile schweben einzeln nach unten. Eine Beobachtung, die zur Auflockerung meiner Frühstücksstimmung nicht unbedingt geeignet ist.

Mir ist selbstverständlich klar, daß ich nicht persönlich für die Lage der deutschen Privattheater verantwortlich bin. Mein letztes Engagement als Assistent liegt bereits mehr als vier Jahre zurück. Aber fast jeden Morgen fällt mir die Tatsache einmal ein. Elle hat immer wieder versucht, mein Interesse auf den kommunalen Bereich oder auf die neuen Gruppen beispielsweise zu lenken. Durch und durch ideologisiert, diese Leute, Schätzchen, nicht die alte, süße Luft, wem kann man das bloß klarmachen. Mir ist überdies schleierhaft, nach welchen Kriterien heute die Eignung für die eine oder andere Tätigkeit festgestellt wird. Entgegen meiner früheren Meinung bin ich nicht mehr sicher, ob nicht doch die richtigen Beziehungen ausschlaggebend sind. Das gibts doch gar nicht, sagt Elle, der Mann dort drüben baut den Kran ja völlig alleine ab!

Und dann zeigt sich, daß meine Befürchtungen nicht aus der Luft gegriffen waren. Sie hat tatsächlich Post von Ronald. Von meinem alten Freund Ronald hat sie Post. So kann es kommen. Vielleicht hätte ich mich seinen Unternehmungen gegenüber etwas aufgeschlossener zeigen sollen. Sie hat das jedenfalls getan vor seiner Abreise. Nicht zu glauben, ein Baumhaus, sagt sie, er hat es wirklich fertig gebracht, schau dir das an. Elle ist so erregt, als hätte sie selbst die Nacht auf einem Baum verbracht. Natürlich mußte Ronald zum Beweis zwei Fotos beilegen. Ein Baumhaus – sie ahnt wieder einmal nicht, welche wirbelnden, essayistischen Sturzbäche diese Vorstellung bei mir auslöst, ganz abgesehen von der persönlichen Seite der Angelegenheit. Die Seite sollte sie allerdings ahnen. Wo ist denn da die Kunst, sage ich heute wie vor einigen Monaten bei seiner Ausschiffung, mit der Erbschaft kann eine komplette Baumhaussiedlung hochgezogen werden. Ohne besondere Paranoia interpretiere ich Elles Geste, mit der sie mir die Fotos überreicht, als mit einem subtilen Vorwurf gegen mich verbunden. Ein Foto zeigt seinen Baum in voller Pracht mit einer

Holzhütte oben in der Astgabelung, auf dem anderen steht ein braungebrannter Mittdreißiger am Stammende und schaut wie ein Eroberer an demselben Baum hoch. Wie hast du geschlafen, mein niedersächsischer Tarzan? Ich äffe mit der Fotografie in der Hand durch die Küche. Elle findet das gar nicht witzig. Also kriegt sie die Fotos wieder zurück.

Aber noch gibt sie die Sache nicht auf. Überleg' doch mal die Vorteile eines Baumhauses im Dschungel, schwärmt sie, der Ausblick, der Schutz, das Gefühl vor allem. Das muß echt toll sein, sagt sie und schüttelt die Baumhausfotos vor meinen Augen. Ich wüßte kaum etwas, was von meiner Situation weiter entfernt sein könnte als das. Kein Bedarf an Moskitonetzen im Moment, Mistah. Elle packt einige Kleider zusammen. Seit einem Monat ist sie wohl schon heraus hier. Ich mache gute Miene, sogar bessere Miene als zuvor. Schließlich haben wir unsere Abmachungen getroffen. Manchmal denke ich, sie sollte mit dem Kleiderabzug schneller machen, manchmal denke ich, es sollte langsamer gehen. Im Augenblick will sie den Berg offenbar nicht weiter als bis zur Hälfte abtragen. Noch habe ich keine Ahnung, was auf die freiwerdenden Stellen gelegt werden könnte. Wenn ich die Möglichkeit dazu hätte, würde ich heute Ronald folgenden Satz nach Jamaika funken: Ich habe wie auf Leichen geschlafen, stop.

Denker ja, Heidegger, selbstverständlich Nietzsche, auch Friedell – aber keinen Götzendienst, sage ich mir immer wieder. Ich bin inzwischen jederzeit und an jedem Ort in der Lage, über die drei genannten zu referieren. Die Gefahr des Autistischen, die solche Präferenzen in sich bergen, ist mir wohl bewußt. Nicht erst seit Elles Auszug weiß ich, daß dies Denkinteresse durchaus zum Nachteil gereichen kann. Wo bloß ist unsere gemeinsame Freude an diesen Dingen geblieben? Auch bei ihr gibt es offenbar vollkommen gegenläufige Interessen, materielle neben anderen. Der Vorwurf der »sozialen Unzulänglichkeit«, den Elle wiederholt an mich richtete, leuchtet mir trotz seiner Vagheit nicht ganz ein. Wie konnte sie die hervorragenden Analysen unseres Zusammenlebens vergessen? Sie spricht jetzt häufiger von Haushaltschemie und gewissen Folgen. Hat sie irgendwo einen rettungswürdigen Haushalt entdeckt? Leider weiß ich, daß ich in der vernützten Sprache, in der ich dies alles denke, nichts Neues darüber herauskriegen werde. Das ist vielleicht ein Gedanke.
Da kommt mir die Beschäftigung mit dem gebrauchten NCR-Heimrechner gerade richtig. In solchen Zeiten ist hilfreich, sich mit etwas zu beschäftigen, das einem nicht unbedingt liegt. Ich habe das Gerät zwar bezahlt, nichts Tolles, nur kleine Programme, aber Elle war doch vertrauter mit ihm geworden. Ich muß jetzt die Preise der Kaufhäuser und Versorgungsmärkte der näheren Umgebung selbst speichern, da sie

bei ihren kurzen Besuchen nicht mehr am Programm mitwirkt. Immerhin wirft er seine diversen Mittagsmenues in Mittelwerten von 1,39 DM oder 1,79 DM weiterhin aus, sehr einfache Mahlzeiten, mehr brauche ich wohl nicht zu sagen. Auch Fehler werden von meinem Rechner erfaßt, großzügige Bemessungen von Kaffeemengen oder Zigarettenfiltern, bis zu zehn Einheiten mehr als angegeben mitunter. Ich bin, so gesehen, absolut nicht untätig, und denke sogar an eine Publikation, obwohl mir klar ist, daß besonders in einer Veröffentlichung von notorischen Fehllieferungen ein juristisches Risiko liegt, dem ich unter Umständen nicht gewachsen sein könnte.

Aber an das abendliche Alleinsein kann ich mich nur schwer gewöhnen. Schon die akustische Situation stellt sich einer einzelnen Person doch schlagartig verändert dar. Erst jetzt begreife ich, welch angenehme, anheimelnde Geräusche von Elles Gegenwart ausgegangen sind. Ihre schnellen, hellen Schritte, das häufige Papiergeraschel, gelegentlich das Ansingen einer Melodie – das klang wohltemperiert durch die Räume bis zu mir. Zum zweitenmal habe ich in der behindertengerechten Telefonzelle vor unserem Haus gewaltsam den Hörer entfernt. Die ständig in mein Arbeitszimmer dringenden Schreie »Ankara, Ankara« sind einfach unerträglich. Der türkische Postkunde sah mir voller Respekt bei der Aktion zu. Ich hatte sogar den Eindruck, er verstand meine Aufregung. Die klaffende Wunde, die das herausschnellende Metallkabel in meinen Unterarm gerissen hatte, schien ihm genug Beweis für die Rechtmäßigkeit meines Handelns.

3

Heute morgen lag eine Bewerbungsablehnung vom Münchner Hansa-Theater in meinem Kasten. Ich hatte ganz vergessen, daß noch etwas offen war. Das muß acht, neun Monate her sein. Trotzdem ist der Brief nicht unterschrieben, weil der Unterzeichner auf einen »kurzen Sprung nach Australien« mußte. Mein Erfahrungshorizont erweitert sich keinesfalls durch diese Mitteilung. Elle entfacht meinen Ärger erst richtig, als sie meinen behelfsmäßigen, ein wenig blutigen Armverband entdeckt. Was hast du denn wieder angestellt, sagt sie, langsam wollen wir doch erwachsen werden. Aber sie hängt sich nicht umgehend ans Telefon, um jeden erreichbaren Bekannten von dem interessanten Unfall zu unterrichten. Diese auffälligen Unterschiede beginnen mich langsam nervös zu machen. Wo wohnst du eigentlich zur Zeit, frage ich sie. Natürlich weicht sie aus. Sie weiß, daß ich gern etwas Konkretes in der Hand hätte, etwas, womit sich arbeiten ließe. Das schiebe ich noch hinaus, antwortet sie verlegen, das kannst du dir doch denken.

Nichts Ungewöhnliches, die allgemeine Lage rechtfertigt sogar Elles Trend zur Indifferenz. Eher beiläufig tippe ich an den NCR. Je präziser diese elektronischen Rechner werden, desto unberechenbarer werden die einst vertrauten Verhaltensweisen. Die Angaben lassen sich natürlich jederzeit ergänzen. Mark wohnt weiterhin bei Joe, lese ich, fünf Leute sind dort gemeldet, aber niemand ist da, auch Joe nicht, der schläft meist bei Iris, die hat noch etwas auf dem Land. Elsa wird gerade umgesetzt, hockt ohne Bleibe bei Carsten, der ein Langzeitexperiment mitmacht, wozu in einer Gewerbeetage sechs Einpersoneniglus aufgebaut wurden, am Eingangstor fett gemalt der Name »Peter Mauch«, der ist unbekannt. Gabi sucht immer, Hannes will seit Jahren ins Hotel, Jörg renoviert einen Laden, richtig, das ist die Adresse, unter der Petra am ehesten erreicht werden kann. An Billies Wohnungstür steht wieder »Peter Mauch«, die Wohnung mietet eventuell Thomas, der seit kurzem im Hause von jemandem lebt, der das gar nicht dulden will, selbst allerdings auch nicht dort ist. Karin logiert bei Jan auf dem Boot von Mathias, der baut weiterhin auf Gomera, nein, Karin ist wieder zu sich gezogen, vorübergehend nur, wie sie vor einigen Tagen erzählte.

In vieler Hinsicht sind diese Rechnerspiele bedeutungslos, sage ich ohne den geringsten Hang zum Aberglauben. Doch der beständige Zeichenfluß hat schon etwas Beruhigendes. Völlig in Ordnung ist das nicht, was du da machst, meint ausgerechnet Elle, die ja laufend mit neuem, speicherfähigen Material daherkommt. Selbstverständlich habe ich alles ausreichend codiert. Niemand anderes soll sich an meinen Daten beruhigen können. Mit einigem Grauen fällt mir wieder der Brief der Baubehörde ein. Für die Leute muß ich eine vollkommen rätselhafte Figur sein. Sie legen ihre endlosen Zahlenköder, bis sie jemanden zur Strecke gebracht haben. Mich wollen die hier offenbar festrenovieren. Mich ganz allein, heldenhaft allein unter Feldstudienbedingungen. Aber ist das freie Flottieren der anderen tatsächlich Beweis eines ausdrücklich beziehungsreichen Miteinanders? Oder gar einer für Freundschaft? Nach jahrzehntelanger Praxis habe ich daran zur Zeit meine Zweifel. Der Rohstoff Freundschaft ist in meinen Augen weltweit verbraucht. Und Ronald, fährt Elle dazwischen, ist das etwa kein Freund? Wir kommen wohl überhaupt nicht mehr auf einen Nenner. Sie weiß zum Beispiel nicht einmal, woher Ronald die Idee für sein Baumhaus geholt hat. Aus einer Prophezeiung, verstehst du, aus einer echten Offenbarung. Irgend jemand hat ihm aufgetragen, gehe nach Jamaika, errichte ein Baumhaus und ziehe deine Kinder hoch. Das war der erträumte Auftrag. Mein Vorschlag dagegen belief sich auf den Kauf eines Hauses in Italien. Elle scheint von diesem ohnehin nicht realisierten Vorschlag noch im nachhinein enttäuscht. Immer wieder diese Differenzen, denke ich. Dabei ist doch klar wie Kloßbrühe, daß bestimmte Leute bei ihrer Entscheidungsfindung absolut nicht auf freundschaftlichen Rat angewiesen sind, sondern eben auf Offenbarungen.

Nachdem Elle gegangen ist, fällt mein Blick minutenlang in den Hinterhof. Von einem Blumenkasten herab spannt sich ein neu gehängter Draht und verschwindet in einem zwei Stock tiefer liegenden Fenster. Ein Vorgang von erheblicher Verbundenheit, sinniere ich. Zwei Leute spielen sich gegenseitig eine Menge Strom zu.

4

Es ist erstaunlich, welcher Ideenreichtum bei bestimmten staatlichen Stellen herrscht. Sie wollen in einem Modellversuch für sozial Schwächere den Wohnraum meines alten Mietshauses in Eigentumswohnungen verwandeln. In der Sache kann ich gar nicht anders, als den Leuten zu vertrauen. Wahrscheinlich sehen sie in dem Vorhaben ein vielperspektivisches Anliegen. Die Frage bleibt, ob binnen zwanzig Jahren privatisierende Wände, abzüglich der Außenwände, einen einzelnen glücklich machen können. Wer soll hier eigentlich wen in seiner existentiellen Daseinsberechtigung absichern? Die Republik schaut auf diesen Versuch, sagt einer in der Behörde, Kamine sind möglich. Ich weise pflichtgemäß darauf hin, daß ich ohnedies bereits rundum sozialamtsversorgt bin. Niemanden scheint das zu verwirren. Muß das etwa hier noch einmal großartig vorgerechnet werden? Nein, das spielt keine Rolle. Also dann läge mein Interesse in der Übertragbarkeit des Modells im entfernteren Sinn. Sie verstehen nicht recht? Ich meine die Anwendung des Modells in bezug auf ein Wohnungseigentum in Italien. Italien? Genau dort, nach demselben Prinzip meinetwegen, ohne gleich von einer Bemühung der Gerichte zu reden. Die amtliche Ermutigung in Wunschrichtung Süden erfolgt nicht gerade ausdrücklich. Trotzdem gewinne ich am Ende den Eindruck, daß zumindest bei einem der Planer durch meinen Vorschlag ein Denkprozeß hinsichtlich kommender Vorhaben eingeleitet worden sein könnte.

Elle gegenüber habe ich natürlich ein schlechtes Gewissen, weil ich ihr den Vorgang bis jetzt verschweige. Sie ist immerhin seit zwei Jahren offiziell meine Untermieterin und zweifellos rein rechtlich in den Modellversuch einbezogen. Andererseits sieht es doch sehr danach aus, daß sie im Begriff ist, nicht länger unter dieser Adresse bleiben zu wollen. Als spät am Abend eine Orientalin ziemlich hysterisch um telefonischen Anschluß nach Asien ruft, gehen mir wieder die Nerven durch. Leider haben darauf zwei Zivildienstbeamte in der Kneipe nebenan nur gewartet. Mit dem abgerissenen Hörer in meiner Hand nehmen die beiden mich mit zu einem weiteren Besuch einer staatlichen Stelle am heutigen Tag.

5

Wie schnell einem doch ein gesellschaftlicher Teilbereich fremd werden kann. Auf einer Ausstellungseröffnung war ich seit fast zwei Jahren nicht mehr. Wie seinerzeit stehe ich in der Menge, die den Blick auf die Bilder verstellt. Der Rahmen scheint den Leuten vollauf zu genügen. An der Wand sind immer noch die flinken, unschuldigen Sachen, soweit ich das im Vorbeigehen feststellen konnte. Meine alte Gewohnheit, bei diesen Festen von einer genaueren Betrachtung der Bilder abzusehen, ist offenkundig längst allgemeine Praxis. Arme Künstler! Die meisten Gäste scheinen etwas völlig anderes im Auge zu haben. Ich selbst leide noch unter den Folgen eines unangenehmen Anrufs von Elle. Neuerdings serviert sie mit ihrer weichen, zögernden Stimme auf diesem Weg ihre Appetithäppchen für meinen Hunger nach Gram – selbstverständlich in der Hoffnung, beim nächsten Besuch unbeschwerter an die Themen herangehen zu können. Sie hat den Verdacht, daß sie unter Umständen schwanger ist. Sind schon neun Tage drüber, sagte sie, das gefällt mir gar nicht. Wenn ich die Angelegenheit meinerseits einmal nachrechne, gefällt mir das Ergebnis noch sehr viel weniger.

Wollte Mathias nicht nach Australien gehen? Der junge Tierarzt erzählt ohne Umschweife, daß seine Freundin gerade bei ihm ausgezogen ist. Ich mache jetzt eine Veranstaltungsreihe in meiner Wohnung, er gerät unbedenklich ins Schwärmen, mit szenischen und tänzerischen Aufführungen, sehr interessant, sagt er, starke Nachfrage. Ein unbefangener Mann, der sofort bemerkt, daß ich in der Hitze der Kunst den Halsansatz einer Besucherin aus der neben uns stehenden Gruppe fixiere, ruckzuck, zaubert er sie her, Christine, hier ein Theatermann. Er stürzt mich natürlich in tiefste Verlegenheit und klärt einen für sie möglicherweise nicht unwesentlichen Punkt ohne jeden Witz. Den nächsten und letzten Punkt in bezug auf uns klärt Christine dann selbst. Ohne besondere Anstrengung findet sie heraus, daß ich an einer sich umgehend einstellenden, weiblichen Bekanntschaft an diesem Abend übermäßig stark interessiert bin.
Ich hatte vergessen, daß wir heute bei solchen Anlässen nicht mehr von Mensch zu Mensch gehen, sondern

von Projekt zu Projekt. Auf dem Weg zur kleinen Galeriebar wurde ich auf drei ambitiöse Projektskizzen hingewiesen – eine für mich verständlicherweise schwer zumutbare Geduldsprobe. Mit einem abschließenden, aber bitte, unbedingt Stillschweigen bewahren, wird versucht, wieder rückwärts in der Geheimtipebene zu verschwinden.
Zum Glück arbeitet der Verstand nicht permanent auf dem kritischen Niveau. Es gibt sogar Momente, in denen die Kritikfähigkeit zu schlummern scheint. Diese vorübergehende Schwäche eröffnet andere, einfachere Ausblicke. Eine Frau neben mir, in rares Violett gehüllt, spricht einige offene Geheimnisse aus, die ich ohne Probleme sofort nachvollziehen kann. Ich gewinne den Eindruck, daß sie eine Neigung zur spontanen Begegnung mit Fremden hat. Als sie, angesprochen auf ihre kräftige Bräune, den Besitz eines Hauses in Italien erwähnt, ist trotz gewisser Abstriche an ihrer Person mein Interesse augenblicklich da. Ich äußere einige Dinge über Häuser in Italien, die sie sofort nachvollziehen kann. Offenbar sind wir entschlossen, die notwendige Atmosphäre für die Fortsetzung des Gesprächs zu schaffen. Bald stellt sich bei mir gar das Gefühl ein, ich könnte von meinen Absichten sprechen, ohne bei ihr auf Gleichgültigkeit oder Ablehnung zu stoßen. Doch letztlich sind solche Reaktionen schwer im voraus zu erkennen, obwohl dies tendenziell jederzeit im Bereich des Möglichen ist.

6

Meine Verfassung ist heute so ausgezeichnet wie lange nicht. Zum ersten Mal seit Wochen sitze ich wieder in dem kleinen, italienisch betriebenen Café am Ende meiner Straße. Die Zeitungen, die ich hier zu fassen kriege, sind voller Zustimmung, was die einzelnen Projekte staatlicher Stellen angeht. Täglich werden neue Vorhaben und die passenden Begriffe dafür aufgeworfen, die ungeachtet ihrer sprachlichen Mängel auf die Fähigkeit und Bereitschaft zu Vertrauen und Optimismus zielen. Auch ich entscheide mich zu einer gloriosen Sicht auf die jüngste Entwicklung und beschließe, in einer der alten Freundschaft eingedenken Geste Ronald einige Zeilen zukommen zu lassen. Ich werde ihm schreiben, daß Elle in aller Freude ihr erstes Kind erwartet, und daß ich gerade eine geräumige Eigentumswohnung gekauft habe. Und ich werde ihm weiter schreiben, daß ich schon seit jeher gesagt hätte, eines Tages, du wirst sehen, sind wir zwei gemachte Männer.

Inhalt